产业经济相关问题研究

CHANYEJINGJI
Xiangguanwentiyanjiu

陆俊华 著

中国财政经济出版社

图书在版编目（CIP）数据

产业经济相关问题研究/陆俊华著．—北京：中国财政经济出版社，2008.3
ISBN 978-7-5095-0512-0

Ⅰ．产…　Ⅱ．陆…　Ⅲ．产业经济学-研究　Ⅳ．F062.9

中国版本图书馆CIP数据核字（2008）第022654号

中国财政经济出版社出版

URL：http：//www.cfeph.cn
E-mail：cfeph@cfeph.cn

社址：北京市海淀区阜成路甲28号　邮政编码：100036
发行处电话：88190406　财经书店电话：64033436
北京牛山世兴印刷厂印刷　各地新华书店经销
787×1092毫米　16开　14.5印张　161 000字
2008年3月第1版　2008年3月北京第1次印刷
定价：36.00元
ISBN 978-7-5095-0512-0/F.0425
（图书出现印装问题，本社负责调换）

序

产业经济学是一门研究分析现实经济问题的应用经济学科。产业经济学内容丰富，学科涉及领域广泛，其中主要研究内容包括：产业结构、产业组织、产业发展、产业布局和产业政策等等。同时产业经济学又是一门涉及面宽、理论性和实践性都较强的学科，既涉及经济活动的宏观层面，也涉及中观和微观领域的问题。产业经济理论同其他理论一样，来源于实践，在进行规律性探索和理论方法研究后，又用于指导实践。实际上，世界各个国家经济社会发展的历史，也是产业发展的演进过程。因此，产业经济学是一门非常重要的学科。

作者多年来学习研究产业经济学，运用相关理论和方法解决实际工作中的问题，本书是其研究成果的集中反映。收入本书的文章主要内容涉及以下几个方面：

第一部分涉及产业结构和布局。《新型工业化道路与发展主导产业》一文，提出主导产业的发展是加快工业化进程的主要力量，科学选择主导产业并重视后续产业的培育，可以不断促进产业结构的优化和升级，加快推进工业化。《我国城市经济区的系统研究》是在研究经济布局和经济联系规律以及产业要素及其活动方式的一种探索。《合理确定重点开发区域和产业 实现西藏经济跨越式发展》一文，分析了西藏的区位特点及环境资源状况，提出了加快合理布局产业的思路，是对西藏产业实现现代化途径的研究。

第二部分主要是作者在中国民航总局工作期间撰写的有关论文和研究报告，如《对航空客运市场需求潜力测算方法的探讨》、《制定国内航空旅客运价需要研究的几个问题》、《提高民航飞机载运率对策研究》、《中国民用航空运输社会效益测算报告》，主要内容涉及航空运输产业发展的一些重要问题。例如，对“航空市场需求潜力测算”以及“对航空运输产业投资所产生社会效益评价”等，是制定民航产业规划和产业政策的理论依据。

第三部分是产业组织问题，这是作者近年来重点研究的问题。主要有《国有企业股份制改革相关问题探索》、《国有企业重组的几个理论问题》、《产权制度与国有企业重组模式的分析》、《国有企业重组的产权模式选择》《国有企业重组涵义》、《实现中央企业重组目标最大化的途径》、《中央企业重组的目标和运行机构研究》、《政府对国有企业战略性重组的规制》等论文，集中研究国有企业股份制改革以及国有企业战略性重组问题。这些文章有不少创新点，例如，关于国有企业重组的运营机制。作者认为，国有企业重组应当通过市场机制由行使出资人的机构来决策，并为了处理好政府、市场、企业的关系，可在三者之间设立具有中介资质的机构来实施；关于国有企业重组的目标与实现途径，作者认为国有企业重组应该将宏观目标与微观目标相结合，确定国有企业行业分布和数量的原则依据，以及国有企业重组的多种实现途径；作者认为，国有企业重组的规制既不同于市场经济国家以《反垄断法》为核心的企业重组规制，也不是原有体制下对国有企业重组的政府干预，而是将法律和行政手段相结合的综合规制机制，并且采用的规制手段也随着产业发展的不同阶段而有所侧重。

这些文章有几个特点：一是所研究的问题都是作者在每一个学习和工作阶段中，对遇到的重大问题进行的经济理论思考。无论是在大学学习期间，还是在工作中；无论是在民航，还是在国办；无论是在贵州支教，还是在西藏援藏，他都结合实际进行理论思考。二是有些观点有借鉴作用，例如，关于在贫困地区要大力发展职业技术教育、发展主导产业加快推进新型工业化问题、关于国有企业股份制改革有关问题、中央企业重组的目标与实现途径问题等，有些建议曾受到领导同志的肯定。三是注重运用科学方法进行产业经济研究探索，在定量分析方面运用系统工程、数理统计、计量经济学和投入产出等理论方法。这些方面应用的成果，有的已经在权威刊物刊载或获得相关机构的鉴定。其中对航空需求潜力的测算所采用的方法是不多见的，具有一定的推广借鉴价值。从这些文章中可以看出，作者注重努力使理论与实践相结合，并用理论来指导解决实践问题；同时，又重视对实践工作中遇到的问题进行理论探索。这种理论紧密联系实际的学风和在学中干、干中学的方法，是难能可贵的。

陆俊华博士是江西财经大学的校友。他学习勤奋努力，待人真诚友善，工作踏实而勇于创新。作为他的导师，我始终关注他在学习和工作中的不断进步并引为自豪。有道是教学相长，多年来我们相互切磋，我亦从他那里学到不少实践知识，可谓获益不浅。我以为，这本书的出版，对于作者来说，既是多年理论研究和实践探索的小结，更是今后继续探索理论和开展实践工作的新起点，是很有意义的事情。岁末年初，看了作者的书稿校样，感慨良多，乃命笔写下上述文字以为序。

史忠良

于江西财经大学　青山园

2008 年元月 1 日

目　　录

目　录

系统工程在长、中、短期计划管理中的应用*

从系统工程的观点来看，经济社会发展计划的各项任务指标，以及实施方案的提出，都是通过经济计划的自然（或信息）空间向经济计划的行动空间的映射，并且是在党的方针、政策指导下确定的。而各项计划指标的完成和方案的执行，又需要计划实施的控制来实现。所以，经济社会发展管理系统也就是信息、决策和控制的系统。计划信息是整个计划管理系统产生作用和有序化的基础。决策和控制是系统的行为。经济社会发展管理系统的行为是：建立预测模型、传递计划信息、进行计划决策、建立计划模型、控制（监督）计划的执行。即首先建立经济社会发展计划的预测模型；然后根据计划信息对预测模型进行优化和评价，并作出决策，得出经济社会发展的长、中、短期各种计划指标或计划模型；最后对经济社会发展计划的执行进行必要的控制。在此，我们只讨论长、中、短期计划管理系统中信息、决策和控制的最一般问题。

---

* 原载中国系统工程学会会刊《系统工程理论与实践》1984 年第 4 卷，发表时该刊注：“作者系江西财经学院 1983 年毕业生，于 1982 年 9 月 27 日收到。”

一、长、中、短期计划管理的信息系统

经济社会活动的巨大信息流，是经济社会发展决策和计划的基础，是组织、控制和监督经济社会活动的依据，我们只有掌握了经济活动的各种信息，才能根据已达到的经济状态，制定出合理的发展计划。

为了充分利用经济社会活动中的信息，需要统计部门对原始信息进行整理、加工、传递和储存。为此，应该建立一个信息管理系统。在这一系统内，所有的统计指标、计划文件都将统一化和系列化，便于所有的指标都有可能作一切必要的比较和对照。同时，应当合理地限定原始信息的数量，使信息既能准确地反映生产、交换、流通、分配和消费等各项必须掌握的经济社会活动，保证计划管理各环节都得到各自所需的全部信息，又不会因为原始信息太多太繁，妨碍计划管理的效率。控制信息数量，要切实研究解决计划管理任务客观上的需要，选择真正有用的信息。同时，对原始信息（包括目前暂时不能用，而今后一定要用的一部分），不能因为目前的信息处理、加工能力和决策者的接受能力不够而限制搜集。因为信息还有一个“后效”的问题，这点在我们编制投入产出和经济数学模型时体验最深。

经济信息产生于客观经济运动的实际。然而，在社会化大生产条件下，这些反映客观经济活动的信息错综复杂。例如，各种相关联的生产指标、技术指标、经济指标，以及各种会计和反映经济社会活动的银行簿记，都是反映国民经济活动各个方面的信息。对这些信息进行加工、整理就可以得到又概括又本质的、反映大量经济社会现象的基础信息，

这些信息是编制经济社会发展计划的依据。其具体内容是：第一，长期计划，有经济、社会和科学技术长期预测信息、报告期发展水平及其分析和评价等。第二，中期计划，有长期计划的发展目标、战略部署和战略重点、中期预测、报告期发展状况和中期计划执行评价。第三，短期计划，有中期计划的分年度任务、短期预测、报告期发展状况和短期计划执行情况等信息。在信息的加工过程中，我们还要计算信息误差的上下限和最优信息。信息的优化，是考虑一定的制约因素而对信息进行加工和筛选。求得最优的信息，可以采用“对应检定码”的方法（简称PCS）。

信息只有从信息源及时传送到决策者那里，才能起到应有的作用，信息能否达到这一要求，取决于信息传输的功能。而系统的结构决定了系统内部的基本信息传输通道和信息网。根据长、中、短期计划的特点、职能和作用以及其相互间的联系和稳定性、连续性的要求，长、中、短期计划管理系统的信息应当按以下过程处理：编制长期计划的信息体系（矩阵）输入到长期计划编制系统，输出得到长期计划方案。根据长期计划的分阶段（五年）目标和任务，编制五年计划的信息体系（矩阵）输入到五年计划的编制系统，输出得到五年计划方案。五年计划的分年度任务和编制短期计划信息体系（矩阵）输入到短期计划的编制系统，输出得到年度计划方案。以上这个过程的噪声是不会大的，即信息在这个运动过程中不会出现大的错误。但是，可能出现决策过程中的错误，造成输出结果与期望值产生误差。同时，各项经济信息都是由计划部门层层报送的，这样信息在传递过程中，可能出现与实际不符的情况，从而形成误差。为此，一是要在传输过程中避免种种干扰而导致信息失真；

二是要缩短从信息到计划编制者所用的时间；三是要减少信息传递的环节和层次。

二、长、中、短期计划管理的决策系统

由于长、中、短期计划体系在客观上要求有一定的稳定性、连续性和整体性，我们就应该以能反映这些要求的决策方法，来进行经济社会长、中、短期计划的整体决策，使长、中、短期计划的各级目标都达到最优。显然，这有利于处理好经济社会发展的长远利益与短期利益和中期利益存在的矛盾。那么，采用什么方法才能体现这些要求呢？

长、中、短期计划体系的稳定性要求计划指标、方案符合客观条件，保持与实际一致。为此，可以用线性规划中的约束条件来限制计划指标，使计划保持在客观条件许可的范围内，特别是五年计划和年度计划，更应该建立在客观条件许可的范围之内。计划体系的连续性，要求长、中、短期计划在内容上、时间上连续，并且与总体目标保持一致。也就是要求长、中、短期计划要从整体的角度来进行决策，把长期计划看成总目标，中期计划是实现总目标的分阶段步骤，短期计划是具体实施。

所以，既要保持计划的稳定性、又要使计划指标相互衔接，保持连续，这是比较复杂和困难的。为了反映长、中、短期计划系统中这种连续性、稳定性的要求，必须用能够以一定约束条件并反映各阶段过程的多级决策方法。

多级决策就是把系统运行过程分为若干相继的阶段，而在每个阶段都要作出决策的过程。多级决策过程的每一阶段结束状态，就是下一阶

段的初始状态。多级决策过程的最优问题，大多数多级决策过程问题均可用线性规划或非线性规划来表示。但用动态规划来解这类问题更有成效。动态规划的基本原理是一个递推关系，从整个过程的终点出发，由后向前，使过程连续地转移，一步步地反推到过程的始点，找到最优解。

在长、中、短期计划管理系统中，处理这个问题的步骤是：首先制定出各种不同期限的长、中、短期计划，编制出各种计划的初始方案，再采用多级决策的方法，即采用长、中、短期计划体系整体决策的方法。这种方法的实质就是既要使长期计划的总收益最大，又要保证各计划阶段的收益，以此为目标而进行决策。例如，以各时期国民收入或国民生产总值达到最大为目标函数，以各时期的各种资源，如自然资源、劳动资源等的保证率和一系列反映资源或限额的不等式为约束条件，先求出最终时期，即长期计划末期的国民收入的最大值，再求中、短期国民收入的最大值，从而进行最优决策。

因此，我们把总决策分为短期计划决策阶段 $D_{t_i=1,2,3,4,5}$，五年计划决策阶段 $D_{t_i=1,2,(3,4)}$，长期计划决策 $D_{t_i=1}$。各级决策都以其决策的收益来确定计划方案。同时，由于年度计划和五年计划是实现长期计划的步骤，所以，它具有反馈的作用，这就使得中短期计划必须不断地观测和搜集中、短期计划执行的各种信息。因此，我们应该采用对每个中、短期计划结束后还要继续进行观测和搜集资料的决策方法。例如，我们在执行计划过程中，必须对计划执行过程的各项指标进行统计，并以此为依据指导以后计划的完成，为编制下一个计划提供依据。

尽管我们建立了现代科学的信息系统，并采用了多级决策的方法，但是，所制定的计划方案还是存在着一定的不完备性和不准确性。因为，计划是在还有一部分因素没有确定的条件下制定的，并且由于外部环境的变化，也影响着计划。这就要求长、中、短期计划的决策系统是一个能够不断吸收外部环境的和计划执行过程的信息的开放系统。为此，应该采取“滚动式计划”方式，即在每个五年计划完成之后，把长期计划再向前扩展五年，使长期计划永远保持一定的时间。同时，有关环境和计划执行过程中的新信息一经获得，就能及时地成为计划决策的依据，使计划能够适应各种新的情况。

为了对付计划不周或计划失算，还必须在计划决策过程中留有充分的余地。

三、长、中、短期计划管理的控制系统

无论我们的计划编得如何好，在计划执行过程中，总会不可避免地出现某些不合实际和失算的情况。这就要求我们对计划执行过程进行控制和调节，以保证完成预定计划。设计计划控制系统，也必须以保证长、中、短期计划系统的稳定性、连续性和整体性为前提。

经济社会发展计划的执行过程，也是信息反馈的过程。信息反馈是指在计划系统中，不断地将输出信号回授到输入端，与原给定值进行比较而形成偏差信号。它是从执行计划方面，具体调节、控制着整个生产经营活动的。即根据反馈信息的偏差程度，采取有效的措施，使输出信号与期望值的偏差保持在客观要求许可的范围内。所以，反馈信息是及时发现计划和决策执行中的偏差，并有效地进行控制和调节的重要依据。

在经济社会发展计划执行过程的控制中，根据计划的完成程度、供

需状况、资源的利用和生产潜力的改变，将有关信息反馈到计划编制系统，一方面为制定下一年度计划提供依据，另一方面使五年计划、长期计划得以修订。在长、中、短期计划体系中，信息反馈的过程是年度计划反馈到中期计划，中期计划执行过程的评价又反馈到长期计划，从而使长期计划得到修正。由于信息反馈控制的最终目的是实现计划制定的目标，因此，在这个过程中，年度计划的修订必须以实现五年计划指标为原则；而五年计划的修订又要以实现长期计划任务为原则，以保证整个经济社会发展计划的完成。

关于国民经济计划的反馈控制，如图 1 所示。

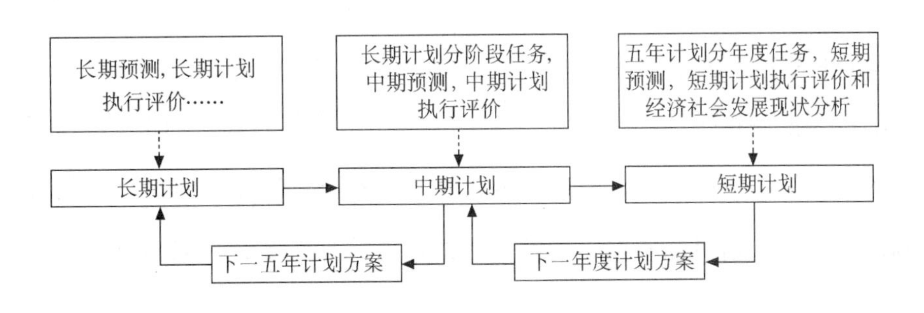

图 1 （实线表示反馈信息的线路）

在长、中、短期计划系统中，长期计划是目标，中期计划是稳定器，短期计划是控制器。短期计划是中期计划和长期计划实现的具体措施，它的执行情况影响着中期、长期计划的完成。所以，我们必须科学地控制短期计划，使其沿着符合长期计划的目标和步骤发展，以实现长期计划的目标。

因此，经济社会发展计划的实现关键是对短期计划执行的控制。图 2 是短期计划的多变量的信息控制系统。

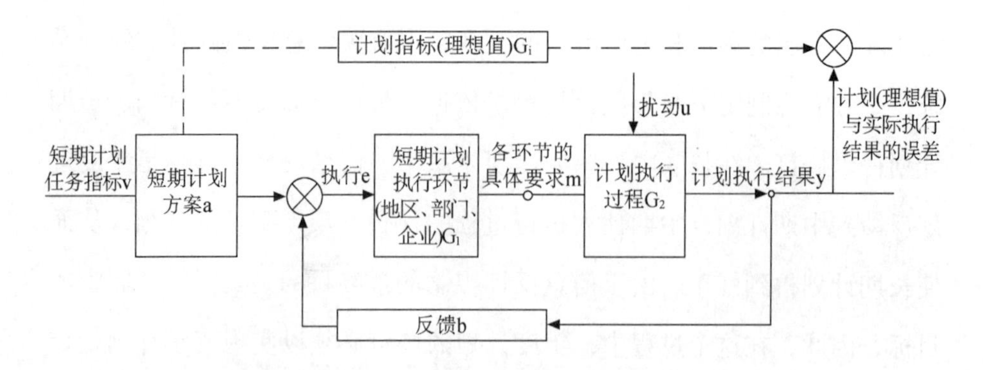

图 2　（图中字母是与控制理论相适应的各种符号）

以上反映了短期计划是通过各部门、各企业的生产经营活动来实现的。计划方案下达到各部门、企业，这些部门、企业根据计划的要求（指令性或指导性计划指标）来安排生产经营活动。在生产过程中，由于随机因素的影响，产生计划与实际不一致。为了在短期计划执行过程中，能对某些指标进行调整，就要根据计划执行情况来进行分析、研究，制定出使原计划目标基本上能够完成的新的计划方案，并采取有效措施，保证计划的全面完成。

我国城市经济区的系统研究*

现阶段城市经济体制的改革，可以从纵、横两个方面考察。从纵的方面看，就是如何以增强企业活力为中心，理顺国家和企业、中央与地方等多方面的经济关系；从横的方面看，就是如何在搞活企业的基础上，发挥城市在一定区域中的作用。城市经济区的规划与建设要以城市经济体制改革为基础或前提，而城市经济体制改革的最终目的却又不仅在于城市本身的发展，而且还在于如何以城市为中心，推动整个国民经济的发展。因此，城市经济区问题是城市经济体制改革的重要组成部分。本文试用系统论的一些基本观点和方法，对我国城市经济区问题作一些初步的定性研究。

一

一般地说，城市经济区是在社会劳动地域分工不断发展变化的基础上，城市群或城市体系初具规模的条件下形成的。

---

* 该文是作者在中国民航局计划司工作期间所作，原载于《江西大学》学报 1984 年第 4 期，此前本文在中国系统工程学会第二届年会作为书面交流论文。

城市经济区、城市群和城市体系等概念之间有着密切的关系。城市群和城市体系都是一定区域上若干城市的组合。但后者主要指城市组合的理想化状态，而前者主要指城市组合的自然状态。城市经济区有比城市体系更为完整的经济结构。它不仅包括城市的经济活动和农村的经济活动，而且包括城乡之间经济联系的状况。而城市体系则侧重于非农业的经济活动。从某种意义上说，城市体系是城市经济区的核心或组织、领导者，城市经济区是城市体系的腹地。城市体系领导、带动城市经济区的正常运转，城市经济区则为城市体系提供依存条件。城市体系总是相对于一定的地域范围而言的。这一地域范围的合理规模，取决于该城市体系的吸引力，即实力大小，也取决于为维持城市体系的正常运转所需依存腹地的大小。这一合理范围就是合乎客观实际的城市经济区范围。与城市体系的层次性相对应，城市经济区也有不同层次，从而形成城市经济区系统。

我国的城市经济区是一个特大系统。大系统理论认为，大系统一般具有以下特点：规模庞大、结构复杂、目标多样、功能综合、因素众多。特大系统的特点与大系统的特点有程度上的不同而无本质上的区别。我国城市经济区特大系统的结构是一个多级递阶结构，即呈现多重状态空间的结构，它表现为四阶结构状态：

最高阶：特大系统——我国的城市经济区。

第二阶：大系统——以特大城市为中心，以城市间分工协作为主要内容的经济区。

第三阶：分系统——以大中城市为中心，以“市带县”为主要内容的经济区。

最低阶：小系统——以小城市、县镇或其他城镇为中心，直接联系周围农村的经济区。

以特大城市为中心的经济区，主要通过连接周围的若干大、中城市，形成经济网络；以大、中城市为中心的经济区，通过“市带县”，相应形成经济网络；以小城市、县镇或其他城镇为中心的经济区，通过直接与周围农村的经济联系而形成经济网络。这些处于中心地位的城市、城镇，都是网络上的枢纽。它不仅是本系统的中心，而且处于本系统的较高层次，具有与其他系统相互联系，交换能量、信息的特殊功能。这就是说，在城市经济区的多级系统中，每一级系统中的各元素的地位并不处在同一个层次，而是多层次的。

在一定的城市经济区系统中，每个城市是一个元素；就每个城市所占有的空间地域和构成要素而言，它本身又是一个系统。每个城市系统中有着众多的子系统。如城市的工业系统、交通系统、电力系统、通讯系统、给排水系统、服务设施系统等等。因此，每个城市系统又是多段的。

由此可见，城市经济区是一个多级、多层、多段的系统。

二

目前，在我国城市经济区问题研究中，最突出、最亟待探讨的是中心城市的形成和经济区的规划。解决好这个问题，将为解决长期以来未能很好解决的“条条”与“块块”、国家与企业、城市与农村、生产和流通、生产和消费等关系找到一把钥匙，进而促使我国的经济布局趋于全面合理。

在我国城市经济区的发展实践中，已经出现了不同层次，有着各种组织形式的城市经济区的发展模式。从层次上看，上面已经提到，有三个层次的以规模不等的城市为中心而形成的经济区。例如，长江三角洲经济区是以我国的特大城市上海为中心而形成的处于最高层次的经济区；在上海经济区中，苏州等城市通过“市带县”，又形成相应的处于第二个层次的经济区；在苏州市的辖内，各小城市、县城和其他城镇形成了第三层次的经济区。

对城市经济区组织形式的分析不能离开其不同的层次。在最高层次，目前主要有三种形式：一是“内联外挤型”，如长江三角洲经济区；二是“穷富共荣型”，如重庆经济区；三是“行政区划和辐射范围混合型”。第一、二种类型是中共十一届三中全会以来随着我国经济体制改革而出现的新型的经济区。长江三角洲经济区是我国经济发达地区形成城市经济区的样板。可以预料，环渤海地区和珠江三角洲地区等发达地区可能在不久形成类似的经济区。重庆区是我国经济不发达地区形成城市经济区的样板。在我国的西南、西北地区，一旦有合适的城市作中心，就可能形成这样的经济区。第三种经济区严格说来还是一种行政区，它保留着我国原来行政大区的痕迹。这是因为，行政区划的影响并不是短时期就能消除的；同时，划分行政大区时并非对经济发展毫无考虑。所以，这种以经济区和行政区相统一为特征的经济区域的存在并不是偶然的，问题在于如何通过对不同地区经济发展的内在联系和各种特点的研究，对其加以必要的改造，以形成适应经济发展要求的经济区。

在第二个层次，经济区的发展是以“市带县”的改革为基础的。目前，也有三种情况。“完全的‘市带县’”，如江苏省和辽宁省。在一个省的范围内，以大、中城市为中心，分别吸引若干县，形成以经济联系为主要内容的行政区划。这种行政区划是以经济联系为前提的，所以它是一种经济区；原来以行署为中心的地区，则是以行政领导关系为主要内容的行政区划。以“市带县”形成第二层次的经济区是发展方向。它必须以城市的经济实力为基础，因此在许多城市较少、规模较小、经济实力不强的省区，“市带县”的改革不可能一下子铺开。在这种情况下就出现了第二种类型，即“部分‘市带县’”，如江西省。第三种就是原来的“行政区划”，如一些边远经济欠发达省区。

在第三个层次，经济区的形成有赖于广大小城市、小城镇的建设。我国城市发展的方针是：“控制大城市规模，合理发展中等城市，积极发展小城市”。这个方针要求高度重视小城市的发展。这里小城市应包括县城和其他小城镇，这是符合我国国情的，也符合世界城市发展的方向。小城市和小城镇是城市经济区中的基本元素，处于分子水平。因此，它的数量、质量和活力直接影响到整个城市经济区。小城市和小城镇是第三个层次的城市经济区的中心，是全国经济网络上的小枢纽。它的重要性已愈益明显。农村经济的进一步发展，城乡经济的全面繁荣，都与它的建设与发展有关。以小城镇为中心的经济区模式，将有待它进一步发展后再作归纳和探讨。

以上主要从城市经济区的层次（规模）、组织形式两个方面研究了它的发展模式。研究城市经济区的发展模式还有一个很重要的、最具有实际意义的方面，那就是研究因地理位置、自然资源、经济实力等因素所决定的各个城市经济区的职能，以此确定其发展模式。各城市经济区的主要职能反映了该城市经济区的发展特色。这个特色使该城市经济区在上一级系统中发挥其独特的作用。若干城市经济区的各种作用交织在一起，将产生一种新的综合作用，这十分有利于经济的发展。

城市经济区的主导职能是由与这个城市经济区相对应的体系中的主要城市的性质和职能所决定的。就目前情况看，我国具有综合性职能城市比较多，较有特色的城市比较少，基本上可以自成体系，这就使得城市和城市区的主导职能和经济分工不明显，在很大程度上影响了城市间和区际经济联系，以及专业化协作的发展，影响了综合经济效益的提高。这个问题必须在确定城市经济区发展战略和发展模式的过程中，结合当地和全国的实际情况逐步加以解决。例如，逐步使长江三角洲（上海）经济区和珠江三角洲（广州）经济区以电子产品、外贸加工和金融交易等为其特色；使环渤海地区和东北地区成为制造业、能源和化工基地，等等。

目前，我们还很难从职能上对我国城市经济区进行明确和完整的分类。但是，这并不影响在实践中按具体情况指导城市经济区确定其主导职能，以形成合理的发展模式。

三

从系统理论的观点看，目前在我国城市经济区的发展中应着重解决以下几个问题：

1. 城市经济区由封闭或半封闭系统逐步发展为开放性系统。封闭、半封闭的城市系统和城市经济区系统与外界只有少量的资金、物质和信息的交换，与外界很少发生分子（人员、商品）的联系。这种经济系统，最多只能维持一种低水平的稳定有序的经济状态。在一定经济区域范围内，城市具有生产、交通、贸易、科教、信息、金融、文化等方面的中心作用。城市还是所在自然区域的一个局部，水资源、空气环流和环境状况与周围地区都是不可分割的。所以，城市和城市经济区不能是封闭的，必须开放。

各城市作为开放性的一定区域的经济中心，与外界要进行大量的物质、能量、信息和人员的交换，从与其密切联系的周围地区输入原材料、劳动力、各种生产资料和生活必需品。同时，根据地区分工协作的要求，向外提供各种专业化产品，向外转移先进的技术和管理经验，培养和提供建设人才；城市通过开辟多种商品流通渠道，活跃商品交换；通过交通电信事业的发展，促进城乡生产发展和物资信息交流；通过扩大金融信贷、情报预测、咨询业务等服务，指导周围地区的经济活动，带动周围中小城市（镇）和农村工农业生产的发展。这样，城市通过与周围地区的联系，突破城乡、条块分割的界限，从封闭式的内部自我循环的桎梏中解放出来，促进全区经济的活跃和发展。

目前，我国沿海地区的开放城市和经济特区，已使国家从封闭、半封闭转向开放系统，各城市的物质、能量和信息不断地与国际先进城市进行交换，使我国城市系统的功能能够不断更新，不断符合世界新的变化的要求。这些地区是与国外城市联系的交接点。对外，它吸收先进科学技术和先进管理方法，在这些交接点上消化并生产产品打入国际市场；对内，它将已经吸收的先进技术，结合各地特点，有计划地向国内其他城市进行技术、资金等方面的转移，为内地提供适合我国国情的技术设备和管理方法，同时也是内地产品出口的桥梁和口岸。随着经济发展，内地城市也将逐步实行对外开放。但是，沿海开放城市的上述作用，对全国大部分地区来说，是代替不了的。

2. 发挥城市的作用，建立和组织经济网络。城市是人类进行各种活动的集中场所。通过各种网络，使各城市、地区之间物质、能量、信息和人员不断地流动，城市就是这种网络的结点。通过网络结构，把城市内部各产业之间的横向联系连接起来，把城乡、工农经济结合起来，按照网络结构的要求，进行合理的调整和联合，使纵横交错的各种经济联系组织到各类网络中去，使之贯通融合，形成城乡经济区综合发展的新格局，逐步消除分割所带来的各种弊端，这是组建经济网络所要达到的目标。

建立多种内容的经济网络结构体系，要以组建生产和流通网络为重点，带动其他网络的形成。一是工业经济网络，要围绕着优势产品、优势行业，以经营开放带头，扩大城乡联合，组织多层次的专业化协作网络，使工业经济组织结构形成一种城乡、条块之间密切联系，纵向、横向有机结合的新格局。二是流通网络，主要是按经济合理原则，建立多种经济成分、多种经营方式、多条流通渠道的流通网络；改革批发机构，改进购销方式，扩大城乡物资交流。三是金融信贷网络，主要是搞活城乡结算方式，做好金融信息情报工作，加强资金的合理调度，充分发挥金融信贷对城乡经济的促进和调节作用。四是科技管理网络，这是由科技研究、科技情报、科技咨询等方面组成，主要围绕技术转移，开发新产品和新兴产业，开展技术咨询等服务活动，组织科技攻关和科技交流。五是交通、电力和通信网络，主要是加强交通、电力、通信等基础设施，沟通城市和经济区的铁路、水路、公路和线路，逐步实现交通、电力和通信的现代化，适应城乡经济发展的需要。

3. 城市经济区系统内部结构趋于完整、有序与合理。系统的结构是很复杂的。这种复杂性一方面表现在上级系统与下级系统之间，以及平行系统之间；另一方面表现在系统内部结构的诸元素及其比例参数之间。上面谈到，通过开放和形成经济网络达到系统间的有序、稳定，并由此产生协同力和聚合力。那么，系统的内部结构则应相对完整和稳定。这种完整性并不是简单的产业体系和产品体系的完整，而是根据本系统在上一级系统中的地位和本系统的特色，以“拳头”产业和“拳头”产品为中心形成较为完整的产业体系和产品体系，并相应地发展各项事业。在一定时期，某一特定的城市经济区系统内，各城市、各部门不是处于同一层次的，其重要性不是等同的。因此，系统结构的完整性也不是指在一定时期系统结构内部各元素的同步发展。

系统结构的完整性将有利于系统内部各元素之间达到有序、稳定地交换物质、信息和技术，在有序的指导和调节下，达到最佳的经济效益。因此，这种完整性本身就是一种合理性。系统内部的完整、有序和合理，是系统运行的基本要求。我国的城市经济区系统应朝着这一方向发展。

4. 城市经济区系统的基本元素向着自由、活跃型发展。在开放性经济系统中，各元素本身都是开放的，它们之间是协同配合的。系统内外不断进行大量的物质、信息、人员等方面的交换，使物质流、信息流、人流畅通，因此具有很大的协同力和促进力，成为一个“活”的、有很强生命力的、越来越兴旺发达的经济系统。

企业是国民经济的基本元素，也是城市经济区系统的基本元素。各企业在城市经济区系统中的地位和作用、企业的布局、企业性质的确定和企业职能体系的形成，特别是企业的活跃程度，即企业与国家的关系、企业与企业的关系、企业有多大的独立性和自主权，这些是决定城市经济区系统向开放型发展的必要条件。所以，城市经济区的规划与建设作为城市经济体制改革的重要组成部分，其根本点也在于如何实现搞活企业。

5. 城市经济区系统形成科学的联系与运动方式。城市经济区系统中的各种联系，主要是通过对流、传导和辐射三类方式来进行的。第一类，对流。以物质和人员的移动为特征。如人才的流动，产品、原材料在生产地与消费地之间的流动，等等。第二类，传导。指城市间进行的各种交易。如城市（镇）间的财政金融往来。这类是以会计系统为特征，通过簿记程序来完成的。第三类，辐射。指信息的流动和新思想、新技术的扩散等等。由此可以看到城市（镇）之间的联系主要表现为物质和人才的移动，各种交易过程，信息、科技的流动。

城市经济区网络，是以中心城市为核心的，存在着一个自然区域上相关联的、由历史形成的、与若干中心城市和广大农村紧密相连的经济网络。这个经济网络是一个完整的有机的系统。在这个网络内，中心城市与其关联地区的关系主要是经济关系。因此，中心城市的经济吸引范围，可以超越现有的行政界限。城市经济实力越强，其作用范围越大，还可以作用于其所属城市经济区以外的各大、中、小城市。例如，上海市现在的作用范围就是三个圈，即长江三角洲、华东地区、全国。

城市经济区系统的空间结构形态多种多样，概括起来有集中式和分散式两大类。采取哪种布局形态，要根据经济规律和自然规律，从实际出发，按照尽量使物质、信息、人才、技术等流量最大、运动速度最快的原则，保证整个城市经济区系统形成科学的联系与运动方式。

关于在贫困地区大力发展职业技术教育的建议*

20世纪80年代，我国贫困地区教育基础落后，适龄儿童入学率和巩固率还很低，初中、高中数量少，教学质量还不高，在发展教育中还存在许多问题和困难。由于工作原因，我们有机会来到贵州省黔西南布依族苗族自治州，对这一地区的教育状况和存在的问题进行了调查，特提出几点不成熟的建议。

一、贫困地区教育事业发展中存在的问题

贫困地区文化教育事业落后，其主要原因是缺乏办学经费，教师数量少、素质差，设备不足。在农村经济发生变化后，没有相应建立一套能激发办学、求学和助学热情的新的农村教育体制和教育方式。

1. 生活贫困，家庭劳动负担重，观念落后，使少年儿童求学机会减

---

* 该文是作者在1986年8月至1987年8月参加中央讲师团在贵州省黔西南布依族、苗族自治州财贸学校支教期间，利用业余时间开展的调查研究，并形成报告，原载贵州省委《贵州调研》1987年第7期。

少。20世纪80年代中期，在黔西南州有40%的人口仍没有解决温饱问题，由于维持在很低的生活水平上，因而交不起学费和书费，读不起书。有关部门拿出专款减免学杂费，但因不能坚持每年拨款，入学后仍然只好大量退学。1984年，晴隆县民委拿出部分民族经费，对少数民族女生减免学杂费，少数民族入学女生增至4000多人；1985年取消减免学杂费，少数民族女生退学达3000多人。实行农村联产承包责任制以后，农户为了种好责任田，往往全家能劳动的都参加劳动，即使是上学的孩子，大多数也是读了一到三年级后就退学。这些地区，重男轻女封建陋习还很严重，认为女孩子是别家的人，拿钱让她读书是帮别人培养。由于传统习惯，女孩家务劳动都很重，无法读书。这些因素，造成了该地区的入学率、巩固率都很低。1985年全州学龄儿童有32.33万人，在校适龄学生只有25.12万人，入学率为77.68%，比全国低16.32%，比全省低8%。而实际上，一些贫困县、乡情况更差，如望谟县学龄儿童入学率只有60.24%；全州331个乡镇，入学率在60%以下的乡有120个；对于少数民族村寨来说，适龄儿童入学率只有20%~60%；而少数民族女儿童入学率只有10%~30%。1981年全州小学招生7.6万多人，但到1985年五年级在校生只有2.8万多人，占1981年招生人数的36.89%，而5年级毕业率只有74%，1981年入学的学生中能够得到小学毕业的仅占27.3%，而能上初中的就更少了。

2. 教师数量少、素质差、待遇低，加上农业劳动时间增多，教育质量下降。这是带有普遍性的现象，在此我们主要反映民办教师待遇和负担问题。在黔西南州，民办学校的学生占小学生总数的50%以上，大量的学生在民办学校就读，所以民办学校在教育普及中起了举足轻重的作用。全州小学专任教师13386人，其中民办教师6764人，占50.5%。普及教育的沉重担子，落在民办教师身上。实行农业生产责任制以后，民办教师必须参加家中的农事。因此，他们有时劳动太疲劳，无法备课，上课只是应付。这些地区信息闭塞，教师素质不高，加上劳动负担过重，所以教学质量很差。就是在教学质量较好的晴隆县，1986年7月对1~4年级学生进行统考，考生共19258人，考试结果及格率22.5%，其中民办学校仅占16.3%；小学毕业升初中考试考生2344人，语文数学双科及格者占23.4%；全县初中毕业生预选考试，参加考试人数1846人，平均及格率为37.1%。1986年6月，由省教委出题对初三毕业班统考，作为地处州府的全省重点中学兴义一中初三有179人参加考试，各科及格者仅占6.7%。

3. 目前的农村教育体制和方式不适应贫困地区社会经济发展对教育的需求。贫困地区农村的教育体制、教育方式、内容等同全国是一样的，以普通教育为主。1985年黔西南州职业学校在校生与普通中学在校生之比为1∶37。这些地区不同发达地区农村的乡镇企业多，读了初、高中都能招工就业，他们读到高中、初中，若考不上大学、中专，仍要回乡种田。由于在学校学习的内容没有农业生产和管理方面的知识，毕业后不能将所学知识直接用于农业生产，基础知识只是间接地对农村经济发展发生影响。因此，它不易引起农民对教育的重视，产生的效果也很差。例如，普安县窝沿乡上寨村有100余户人家，全村高中生和初中生均有10余名，他们毕业后回乡务农，苦于没有专业特长和技术，有的人种植果树几次失败，有的养鸡又发鸡瘟，被喻为“不文不武”。实际上，农民比城市居民更重视教育投资的效果。在农村，小孩从6岁开始就要做家务和协助农业劳动，如果到县城读初中、高中，不但不能创造收入，每年还要花费200～300元的费用，这在贫困地区是一笔很大的支出。若考不取大学、中专就被视为白读了书。所以，贫困地区农民不重视教育，原因是农民投资教育的眼前利益少，取得的效果差。同时，由于教育质量低，农民对教育升学目标的风险大，从而大大降低了农民对子女接受教育的要求。

由于上述原因，黔西南州教育非常落后，文盲约占总人口的40%，专门人才更奇缺。据第三次人口普查，望谟县农、林、牧、渔业的技术人员只有20人，仅占全县人口的万分之零点九，12岁以上的文盲、半文盲占同龄人口的68.69%。由于农村技术力量极薄弱，先进的科学技术得不到推广，严重影响了经济的发展。

二、大力发展职业教育是贫困地区发展教育的重要途径

贫困地区发展教育，必须依靠国家在财力、物力、人力上的支持，但关键是把教育同经济发展结合起来，着眼于为本地培养社会主义建设的人才，讲求教育效益，使教育促进经济发展，经济发展为教育提供更好的条件。为此，首先要改革目前的教育体制，建立适应贫困地区社会、经济发展特点的教育体制和教育方式，把所教知识对经济发展的间接影响转化为直接影响，充分发挥脑力劳动在农业生产中的优势，从教学内容和体制上保证农民教育投资的效益达到预期水平，形成一个教育——知识——经济发展——教育的良性循环。实现这一循环的最好措施，就是大力发展职业技术教育。其主要内容的设想是：

1. 职业学校的比例要大大超过普通学校。许多专家认为，60 年代我国职业学校与普通高中学生的比例为 1∶1，高中升学率为 60%～70%，其他 30%～40%，高中毕业后经过短训走上就业道路，这是合理的。但是，通过对贫困地区的调查，我们认为在贫困地区职业学校教育的规模应该远远大于普通高中的规模。以黔西南州为例，1985 年普通高中学生人数是职业学校学生人数的37 倍，而高中升学率仅11.4%，这一结构显然极不合理。这意味着每年有占接受中等教育的 80%～90% 的高中生没有经过职业训练直接参加生产。据人才典型调查测算，贵州省在农村的历届初、高中毕业生约 200 万人，但其中有一技之长的乡土人才只占 7%，这在人力、财力和时间上都造成很大浪费。确定职业教育与普通教育的比例，我们认为最少要考虑两个因素：第一，社会生产对人才需求的层次。这个层次应该是技术工人、农民要多于中级专门人才，中级专门人才要多于高级专门人才。第二，高中升学率。高中教育主要任务是为大专院校输送人才，高中升学率应该在 60% 以上，升学人数必须与当地同龄人口总数保持相适应的比例关系，这样在黔西南州高中升学率占社会同龄人也只有 10% 左右。如果这一地区没有特殊的高精尖产业的发展，这个比例是合适的。我们经过测算得到职业学校与高中的学生比例应为 12∶1。在计算中有两个前提条件：一是中等专业学校必须招初中生，而非高中生；二是职业学校指中等层次学校，含中专。这样，使大部分学生从职业学校毕业后参加社会生产、高中 40% 的毕业生经过培训后参加生产，高中毕业 60% 升入大专院校深造。

2. 贫困地区初级中等教育结构。我们认为，普通教育是提高民族文化素质的基础，职业教育是劳动者掌握生产建设技术的途径。同时，社会发展对人才需求是多层次和多方面的，不仅需要劳动者具有一定的文化基础，也要有专门的职业技能。虽然培养目标不同，但对劳动者基础文化和专业才能的要求既是融合的，也是定向的，教育结构的设置应符合这些要求。所以，以地、州级为范围的贫困地区的教育结构里，在县城以小学、普通中学和高中为主，在州府所在县和部分经济条件较好的县办一部分骨干中心职业学校，区乡主要办小学、中学、职业高中，区乡普通中学必须开设专业课程。部分乡村可开办职业初中或初中职业班，其主要目的是增加贫困地区农民对子女接受教育的吸引力。但考虑学生基础文化素质和体力等因素，这类学校不宜过多，并且劳动量和时间安排要尽量合理。在条件成熟的乡镇可以办普通高中班，没有办高中班的地方，乡镇学生到县城中学或附近办有高中的区乡中学读高中。这样的教育制度，学生有三次分流：第一次是小学毕业时，第二次是初中毕业时，第三次是高中毕业时。每次分流学生都要根据自己的特长和学习情况，扬长避短，选择是接受普通教育还是职业教育。这样，贫困地区的职业教育就形成两个层次：一是初等职业技术教育，招收小学毕业生；二是中等职业教育，包括中等专业学校、技工学校、中等职业学校，招收初中生。

3. 关于贫困地区职业学校专业设置和教材问题。实践证明，只有因地制宜根据需要设置专业，才能受当地社会和学生的欢迎，才能有强大的生命力。在农村要根据当地生产条件和需要，有的以农为主，有的以林、牧为主，有的要大办工副专业；在城镇，要以发展适合本地区产业需要的专业为主。同时，由于目前农业劳动力过剩，随着农业生产水平的提高，耕作工具的更新，将有更多的劳动力剩余。所以，专业设置还要考虑农业人口减少、农转非，发展乡镇工业和第三产业，发展小城镇的需要。

无论是普通学校还是职业学校，都要学基础课，也要学专业课，但侧重点有所不同，要根据培养目标，相互补充地进行安排。在职业学校中，其基础课教材由全国统编，专业基础课和专业课教材由省教委组织编写，以使教材内容与当地实际结合，同时还可编写部分乡土教材。

4. 贫困地区职业教育的发展步骤。目前，贫困地区职业技术教育非常薄弱，数量少、规模小。从总体上看，职业学校的发展应该以地、州府所在县（市）为中心依托，辐射广大的县、区、乡腹地，以地、州带县，以县带区乡，办成各具特色、各有专长、整体功能强的贫困地区教育系统。对职业技术教育要实行统一规划，逐步发展，并做到与普通教育配套。其基本步骤是：首先发展地州、县级职业学校，从专业设置及规模上形成一套适应地州、县中心产业发展需要的职业教育体系。第二步发展区乡职业教育，对贫困区乡，要以初级职业学校为突破口，逐步发展中级职业学校；非贫困区乡，要根据实际可能和需要，发展初级、中级职业学校。区乡职业学校的发展、专业设置及规模，应为本地农业生产和乡镇企业、商品经济等方面发展培养人才。

为了尽快地发展职业技术教育，首先，要巩固、提高现有的职业学校；第二，要增加一批职业学校；第三，在普通初中、高中增设职业技术课，办职业班；第四，把部分普通高中改为职业中学；第五，建立职业中专。

三、在贫困地区大力发展职业技术教育的意义

1. 有利于加速贫困地区教育的发展。农村职业中学，使教育知识与

生产技术结合起来，培养学生的专业知识和操作技能，学生毕业后可基本掌握一定技术性生产能力，为参加生产奠定了基础，使农民的教育投资效益有较大提高，改变其对子女接受教育的看法，学生学习目的也明确。这样，必将有利于提高农村儿童入学率、在校生的巩固率、及格率和毕业率。

2. 促进农业生产的发展，加快脱贫致富的步伐。目前，贫困地区大多处于原始农业、传统农业的生产状态。农村职业教育为农业生产培养人才，必将促进农业生产的大发展。晴隆县学官民族中学专业班从1982年开办以来，已先后办了五期，共培养专业技术人才246人，现担任区乡干部有7人、村干部15人；回乡从事果树专业的有86人，已成了技术骨干，共种果树3424棵，15人回乡后成了当地的果树专业户。据我们随机调查了解，从农民接受教育形式与其收入水平看，受过职业教育的农民每年收入水平均高于当地高中、初中毕业的农民。

3. 可以带动乡镇企业的发展，增加非农业人口就业。随着改革和开放形势的发展，中央对贫困地区的关怀，这些地区对利用本地的自然资源和对农产品加工的要求也越来越强烈。目前，黔西南州乡镇企业只有原煤、砖瓦、石灰、粉条加工。一些新的项目正在出现，如精锑矿粉、锑锭、烟花火炮、包装箱等。还有一批具有发展前途的项目，如粮食加工、饲料加工、油料加工、糖料加工、水果及蔬菜肉类加工和民族工艺用品加工等，还有许多可制作高级盆景艺术的钟乳石、大理石资源。这些产业的发展，乡镇企业大有可为，但对这些项目的加工技术和管理也提出了新的要求。这就需要有一大批技术和管理的初级人才。职业学校为这一层次的需求提供了培养人才的摇篮，必将促进乡镇企业的大发展，同时还能减少农业人口，从而减轻农业人口的压力。

四、贫困地区大力发展职业技术教育的对策

20 世纪 80 年代中期，黔西南州有职业学校 14 所，普通中学内设职业班 11 个，开设的专业有林木、果树、兽医、养殖、经济作物种植管理、财会、统计、缝纫等。职业教育现有的规模和专业设置还远远不能满足社会经济发展的需要。在职业教育发展中，还存在许多困难和问题，主要问题是缺乏资金，缺少师资，校舍、设备不足，不能从劳动人事制度上保证学生毕业后得到充分利用。此外，许多人对职业教育还存在偏见，看不到职业教育的意义和效果。要增加一批职业学校，把部分普通中学改为职业中学或增设职业班，在发展初期资金缺口会更大，专业教师来源困难，校舍和教学设备在短期内难以满足需要。对此，我们认为，要大力发展职业技术教育，首先必须加强宣传，改变部分领导和群众对职业教育的偏见，使大家充分认识到只有把普通教育与职业教育结合起来，实行双轨制度，才能多出人才，快出人才，出好人才；认识到职业教育对提高民族文化素质，培养“四有”新人，促进贫困地区商品经济发展，加快脱贫致富具有重要意义，使全社会都来关心和支持职业教育。具体应采取以下几条措施：

1. 向全社会征缴贫困地区教育费（也可作征收教育费附加第二）。目前，贫困地区教育经费来源仍然困难。黔西南州财政收入不到 3000 万元，教育经费实际开支每年需 2000 多万元。由于地方财政收入少，无力保证教育经费的正常增长，目前还有减少的趋势。1986 年教育经费在全

州财政总支出中，已由1984年的23%下降到20%，从教育经费来源构成看，教育事业费的公共部分数额不仅太少（1985年仅占23%），而且教育事业费外的拨款也很不稳定，一些专款经常被挪用，影响了适龄儿童入学率、巩固率的提高，也影响了教师队伍的稳定。为了保证我国农村教育资金来源，国务院先后颁发了《国务院关于筹措农村学校办学经费的通知》和《征收教育费附加的暂行规定》，在全国取得了一定的效果。但是，由于贫困地区经济收入太低，此费收上来微乎其微。1986年普安县只收到2000元，晴隆县只收到1000元，全州共可收20万元左右，用到每个学生身上也只有0.5元左右。建议在教育费附加基础上向社会征缴贫困地区教育费，或称教育费附加第二，专用于贫困地区教育事业的发展。此费随着地区脱贫和经济水平提高而递减，直至取消。这部分资金作为国家拨款给贫困地区的教育事业费，由国家下到省，再由省下到地、州、县，实行资金使用责任包干。要制定如何运用此费、加速教育发展的暂行规定，确保资金使用效果。

2. 师资来源问题。目前，城乡职业学校专业课教师奇缺，质量和数量都远远不能适应需要。要办好职业教育，必须建立一支以专职为主、专职和兼职相结合的专业师资队伍。我们认为，解决专业教师困难问题，应采取内外结合办法，通过“转、培、调、聘、留”等多种途径来解决。首先，将现有的老师经过培训转为专业课老师；其次，可以到工厂、农场、商业部门等单位抽调有一定专业理论和实践操作能力的人员担任老师；第三，将一部分职业学校毕业的学生培养成专业课教师；第四，到工厂、科研所、农村聘请有专业水平的技术人员和能工巧匠来担任兼职教师，并签订合同保持队伍的相对稳定；第五，今后中央、地方选派讲师团、派遣扶贫工作队，要考虑适合贫困地区职业教育专业课师资的需求；第六，今后要建立职业师范院校，或者在师范院校中开设职业班，或在大专院校开设职业师范班。同时，劳动人事部门应制定有关规定，从制度上保证人才向职业学校流动的阻力减少到最低限度。

3. 关于职业学校毕业后的使用和待遇问题。职业学校毕业的学生，能否在社会生产中充分发挥作用，并使其享受应有的待遇，关系到职业教育发展的动力和前途。对农业技术学校的毕业生，要保证其才能得到充分发挥，如果没有一定的制度是难以奏效的。我国农业生产落后的地区还很多，农业技术人员严重缺乏。按照我们对农村人才需求的预测，1200 亩耕地、2000 亩林地，最少各需一名中等专业生、5 名以上技术农民，畜牧兽医、医士等每村各需一名。按这个要求，黔西南有耕地 239 万亩，需农业中级人才 1992 人，技术农民 9960 人以上；林用地面积 1342 万亩，需 6710 名中级人才、33550 名以上技术农民。农产品加工等需求量将更大。而现在实际情况是远远低于这个要求。全州农业科技人员 808 人，占全州总人口的万分之三点六五，其中已取得中级职称的人员仅占农科人员的 5.4%。为从制度上保证农业技术人员的积极性得到充分发挥，我们建议在贫困地区农村普遍建立农业技术人员聘请制度。在每一个乡、村聘请若干农业技术人员，在每一区（镇）设农艺师，并相应建立农村技术人员合格证及考核晋升制度。这些人员具体指导本地农业生产技术和管理，每月由区、乡政府部门发给技术指导费。农业技术人员应实行岗位责任制和技术责任承包制，明确其责任范围和权利，对由于技术指导使产品产量增加的，应按一定合理比例提成，技术指导失误应该给予一定赔偿。农业技术人员主要由农业技术职业学校和农业中等学校培养的毕业生来承担。

4. 实行教育、生产、科研相结合，学制长短结合的原则。农业职业技术学校、普通职业学校都要实行教学、生产、科研三结合。学校可以与当地生产、科研部门在自愿互惠互利的基础上搞横向联系，形成教学—生产—科研联合体，使之成为当地科学生产基地之一，成为当地专业户、科技户、乡镇企业的实验基地，培养农村多种中、初级生产技术和管理人才的摇篮。乡镇企业、专业户可为其提供资金，学校为生产提供咨询服务和培训技术人才，实行人才、资金、技术要素联合。这样，不仅设备、实习场地能得到较好落实，而且学校也可取得一定的经济收入，实现以农养学、促进职业教育更大的发展。在学制上，初级、中等职业学校的基本学制均为三年、也要办二年、一年和半年学制的短期职业班。短期职业班为就业后的劳动生产者、回乡初高中生、回乡干部提供普通教育后的定向职业培训和吸收新知识的机会，充分发挥学校的职能作用。同时又为职业学校办学筹措必要的经费。实践证明，“无长不稳，无短不活，长短结合，以短养长”的方针是办好职业学校的有效途径。

对航空客运市场需求潜力测算方法的探讨*

航空客运市场潜力测算，是对航空旅客运输市场平均需求的测算，它是正确制定发展政策、机队规划、机场规划和航班安排等工作的重要依据。目前我们对航空客运市场潜力的研究大多是借鉴国外的经验和方法，再根据我国的情况进行估测。本文借鉴国外的经验，根据我国航空客运发展的特点，应用数理统计理论，分析、论证航空客运市场需求潜力的测算方法，并对我国目前航空客运市场潜力进行初步分析。

一、公式设计原理

目的：根据旅客运输量，测算航空旅客运输市场平均需求量。

设变量：

U——航空旅客运输市场平均需求量。

---

* 该文是作者在中国民航局政策研究室工作期间所作，原载中国民航局主办《民航经济与技术》1988 年 11—12 月合刊，并作为个人研究成果申报，经过中国民航局科教司组织专家鉴定。

$\bar{X}$——现状旅客平均运输量。

Y——现状旅客运输量占市场平均需求的比重。

Y'——未满足乘坐飞机需求的比重。

（Y' =1 - Y）

$$U = \frac{\bar{X}}{Y} \quad \cdots\cdots (1)$$

例如：旅客运输量为 100 万，已满足需求的 60%，则总需求为 100/0.6 =166.7万人。

所以，关键是求出运输量占市场平均需求的比重 Y。

根据对航空客运需求特点的分析，航空旅客运输量和旅客需求量的分布，服从数理统计的正态分布，为 $X \sim N(U\ \sigma^2)$。在此，将根据收集的运量资料和正态分布特征指标推算 Y。

设变量：

X_i——为随机变量（旅客运输量）。

σ——标准差，是数理统计中表示数据离散程度特征的最重要的数值。

样本标准差 $\sigma = \sqrt{\frac{\sum (X_i - \bar{X})^2}{n-1}}$

V——变异系数（离差系数），是以相对数表示数据离散程度的值，以比较不同水平数据之间的离散程度，其值为标准差除以变量均数。

$$V = \frac{\sigma}{U}$$

Z——为 X 值到该分布平均数的距离，相当标准差的倍数。通过 Z 查表可得到正态分布中任何一点面积的概率。$Z = (\bar{X} - U)/\sigma$。

将（1）式转换，得已满足的旅客运量占市场平均需求的比例，其值为平均运输量除市场平均需求量。

$Y=\bar{X}/U$ ……………………………………………………………… (2)

因为未满足的需求比重等于1减已满足的需求比重，即：

$Y'=1-Y$ …………………………………………………………… (3)

将（2）式代入（3）式，得：

$$Y'=1-\frac{\bar{X}}{U}=\frac{U}{U}-\frac{\bar{X}}{U}=\frac{U-\bar{X}}{U}$$

因为 $V=\frac{\sigma}{U}$，$Z=(\bar{X}-U)/\sigma$

所以，$Y'=\frac{U-\bar{X}}{U}=\sigma/U\times[-(\bar{X}-U)/\sigma]=V\cdot(-Z)$ …… (4)

Z的正负只表示该数在正态分布中的左边或右边，为计算方便取其绝对值。

则：$Y=1-Y'=1-V\cdot Z$ ………………………………………… (5)

将（5）式代入（1）式得到航空客运市场平均需求的解：

$U=\bar{X}/(1-V\cdot Z)$ ………………………………………………… (6)

根据数理统计，求Z、V。

二、特征与计算问题

这一方法是从运量、市场需求的关系以及分布特征方面，考虑客座率因素，来研究测算客运市场平均需求量。在不同的客座率情况下，市场旅客平均需求的计算要求和方法也有不同。

1. 在客座率70%左右情况下计算空运市场旅客平均需求。这时U大于观测变量（所收集的旅客运量）的最小数，小于最大数。U、σ、V值都可根据运量资料进行数理统计推断。推断方法有“点推断”和“区间推断”法。具体计算参考数理统计学有关资料。这种情况下可以认为 $\bar{X}\approx U$，即平均运量与空运市场需求大致相同。说明运力可以基本满足市场需求。如图 1 所示：

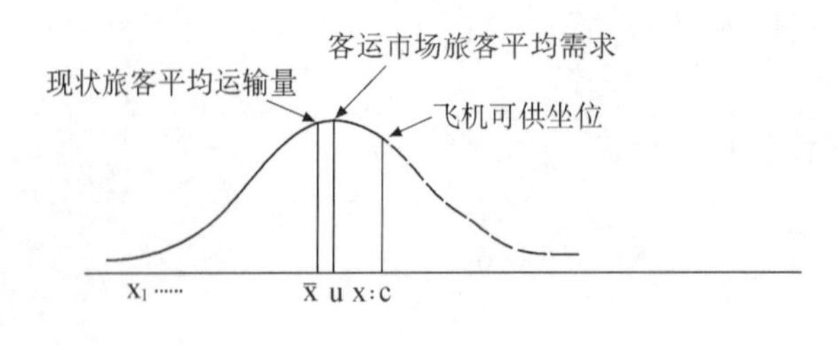

图 1

2. 客座率在 80% 以上时，计算空运市场旅客平均需求。客座率达 80% 以上时，说明市场有较多的需求得不到满足。由于旅客退票、误机、座位管理等各种原因，使飞机客座率很难达到 100%。所以即使是飞机没有满座时，仍然有很多旅客的需求未得到满足。

这时，U 不仅大于运输量的最大值，也大于飞机可供座位。所以，U 的测算不可能采用上述客座率在 70% 左右时的“点推断”和“区间推断”法，而是通过 σ、V、Z 等值来推断 U。在此，我们以收集到的旅客运输量来计算 σ、V、Z，并根据第一部分介绍的公式，计算空运市场平均需求量。如图 2：

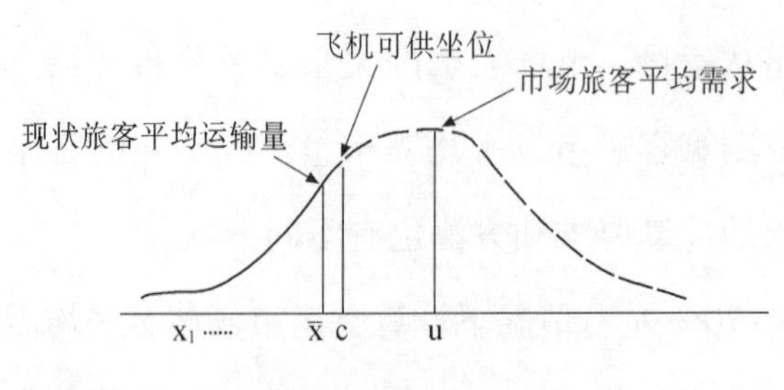

图 2

3. 标准差σ的大小与客座率的关系。正态分布的形状是由σ决定的，σ确定后，不同的客座率反映的市场供求情况也不相同。

（1）在σ较小情况下。这时图形较窄，如果客座率在65%~75%时，说明运量变化和运力安排都较稳定，这类情况通常存在于在非旅游航线和受季节变化影响小的航线。如果客座率在90%左右，说明运力的安排远远不能满足需求，但运力与运量变化都较稳定。这时旅客运量的分布不是呈标准正态分布。在这种情况下，应对旅客运输量所反映的图像进行修正。这一问题在最后举例讨论。如图3A。

（2）σ较大的情况下。这时正态分布图形较宽，变化平缓。当客座率在65%~75%时，说明旅客运量季节性较强，但运力能根据季节变化进行调整。如果客座率达到90%左右，说明运量变化季节性很强，运力远远不能满足需求，运力安排是随需求的季节变动而有所调整。但是淡旺季运量差别很大，在淡季客座率较低时，对淡季运量不作为变量进行计算。如图3B。

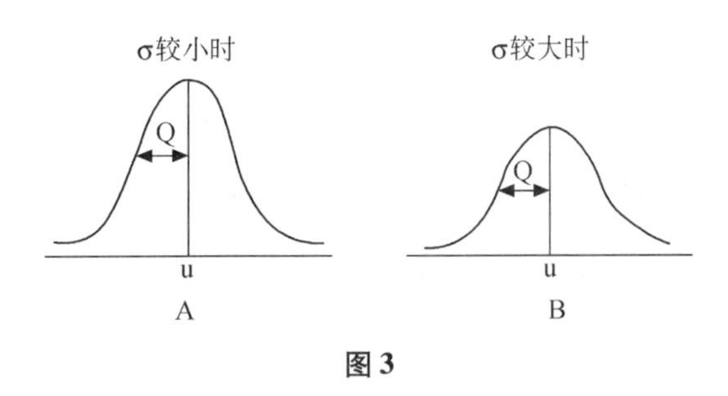

图3

三、评价

目前，对航空运输市场潜力的研究比较薄弱。美国波音公司是以客座率的高低来计算未满足需求的百分比。根据其计算，客座率在60%

时，有6%的需求未得到满足；客座率在70%时，有21%的需求未得到满足；客座率达80%时，有64%的需求未满足。我国目前对市场潜力的分析，是经验估计，一般认为客座率在70%~80%之间时，旅客购买机票不紧张，可以基本满足需求，客座率在90%以上时，旅客购票很紧张，说明有较大的需求得不到满足。

单纯按客座率的高低衡量旅客要乘飞机得不到满足的比例，有一定的局限性，因为客座率的高低受售票方法和手段、运价水平、航班安排、市场需求等综合因素的影响。在客源组织和售票方法较好，运力与需求安排较平衡的情况下，客座率可以达到较高水平（如80%），而不意味着有64%的旅客没有满足需求。相反，如果由于售票方式和管理不善，在客座率为80%的情况下，可能就有更多乘客买不到飞机票。

国内目前采用经验估测，这比较符合我国空运卖方市场的特点和管理水平，但在客座率高的情况下，不能对需求进行定量。

本文所提出的方法，是从运量和市场需求的关系，及分布特征方面，考虑了客座率因素，来研究、推断航空客运市场平均需求量。这样有以下几个优点：1. 以数理统计学为理论基础，计算结果有较强的可靠性；2. 能够对航空旅客运输市场需求进行定量测算；3. 因为在计算时考虑了市场特征，所以有利于对空运市场进行定性分析；4. 计算方法比较简便。

四、对我国航空客运市场潜力的分析

研究我国航空客运市场潜力，应以航线（不论国内或国际）为对象，即以市场来划分，不宜以单位（或企业）作为研究对象。

1. 国内航线。以1987年国内航线旅客运输量为例，计算市场旅客平均需求量。其每月的旅客运输量见表1。

表1　**1987年国内线旅客运输量**　（单位：万人）

月份	X_i（旅客运输量）	$X_i-\bar{X}$	$(X_i-\bar{X})^2$
1	62.84	27.04	731.16
2	60.80	29.08	845.65
3	83.96	5.92	35.05
4	89.41	0.47	0.22
5	95.96	6.08	36.97
6	89.90	0.02	0.0004
7	89.77	0.11	0.012
8	100.35	10.47	109.62
9	104.81	14.93	222.90
10	110.50	20.62	425.18
11	97.19	7.31	53.44
12	93.04	3.16	9.99

在计算中，由于U是未知数，不可能得到，所以，用样本的标准差系数V’和标准差的倍数Z’来代替总体的V和Z。

需说明的是，在$Z=\frac{\bar{X}-U}{\sigma}$的计算中，U是市场平均需求量，这时客座率在75%左右。而在每月份的客运量中，淡季客座率一般也是在75%左右，这时的旅客运输量$X_{淡}$与需求量$U_{淡}$基本相等。为此，假设在正态分布中，平均客运量$\bar{X}$到旅客平均需求U的距离，近似于平均客运量$\bar{X}$到淡季旅客需求$U_{淡}$的距离。这一假设在计算中，计算值与实际判断值具有一致性。为此，在计算中，上述公式形式变为：

$$\hat{U} = \bar{X}/(1 - V' \times Z')$$

其中：

$$V' = \sigma/\bar{X}$$

$$Z' = \frac{\bar{X} - U_{淡}}{\sigma}$$

根据公式，计算1987年国内航线旅客需求量为：

$$\bar{X} = \frac{\sum_{i=1}^{n} X_i}{N} = \frac{1078.52}{12} = 89.88$$

$$\sigma = \sqrt{\frac{\sum (X_i - \bar{X})^2}{N-1}} = \sqrt{\frac{2470.19}{12-1}} = \sqrt{224.56} = 15$$

$$V' = \frac{\sigma}{\bar{X}} = \frac{15}{89.88} = 0.17$$

$$Z' = \frac{\bar{X} - U_{淡}}{\sigma} = \frac{89.88 - 60.8}{15} = 1.94$$

$$\hat{U} = \frac{\bar{X}}{(1 - Z' \times V')} = \frac{89.88}{(1 - 1.94 \times 0.17)} = 134$$

1987年全年平均每月有44.12万旅客乘坐飞机需求未得到满足，约为现行运量的50%。但是，这一数据是全年平均数，实际上一年中运输淡季与旺季客运市场需求满足的程度不同，旺季有更大比例的需求没有满足，而淡季要少得多。

1987年国内运输旺季是8、9、10三个月，我们计算在这三个月中未得到满足的需求的比重。

$$\overline{X}_{旺}=\frac{100.35+104.81+110.50}{3}=105.22$$

在 1987 年的运量分布中，σ 和 V'不变。

$$Z_{旺}=\frac{\overline{X}_{旺}-U_{淡}}{\sigma}=\frac{105.22-60.8}{15}=2.96$$

$$\hat{U}=\frac{105}{(1-2.96\times0.17)}=214$$

所以，在 1987 年的 8、9、10 三个月，每月有 109.3 万旅客没有乘上飞机，约为旅客平均运输量的 105%。

我国航空客运淡季是 1、2、3、12 四个月份，以此计算淡季客运市场需求。

$$\overline{X}_{淡}=\frac{62.84+60.80+83.96+93.04}{4}=75.16$$

σ、V'不变

$$Z'=\frac{75.6-60.8}{15}=0.96$$

$$\hat{U}=\frac{75}{(1-0.96\times0.17)}=\frac{75.6}{0.84}=90$$

所以国内航线淡季平均每月旅客需求量为 90 万人，未得满足的旅客需求每月为 14.4 万人，占已满足需求的 19%。

虽然旺季有许多需求得不到满足，淡季基本满足了需求，但旺季也有部分航线需求得到了满足，淡季有部分航线需求仍然紧张，如华中部分区内航线客座需求在国内淡季时仍然很紧张。

2. 国内主要干线。以 1987 年北京—上海线为例，其各月旅客运量如表 2 所示。

表 2　　1987 年北京—上海航线旅客运量　　（单位：万人）

月份	X_i	$X_i - \overline{X}$	$(X_i - \overline{X})^2$
1	2. 07	1. 09	1. 19
2	2. 08	1. 08	1. 17
3	3. 19	0. 03	0. 0009
4	3. 43	0. 27	0. 07
5	3. 89	0. 73	0. 53
6	3. 7	0. 54	0. 29
7	3. 5	0. 34	0. 12
8	3. 83	0. 67	0. 45
9	4. 02	0. 86	0. 74
10	3. 97	0. 81	0. 66
11	3. 15	0. 01	0. 0001
12	3. 20	0. 04	0. 0016

根据上述方法，对公式各变量计算如下：

$$\overline{X} = 3.16$$

$$\sigma = \sqrt{\frac{5.2}{12 - 1}} = 0.47$$

$$V' = \frac{0.47}{3.16} = 0.15$$

$$Z' = \frac{3.16 - 2.07}{0.47} = 2.32$$

$$\hat{U} = \frac{3.16}{(1 - 2.32 \times 0.15)} = 4.9$$

所以，北京—上海航线 1987 年每月平均需求为 4. 9 万人，平均每月有 1. 74 万人没有乘上飞机，占旅客运输量的 53. 8%。根据对旺季需求的计算，旺季平均每月有 5. 91 万人乘飞机的需求没有得到满足，占旅客运输量的 150%。

又例：北京—广州航线，1987 年各月运量分布如表 3：

表 3　　1987 年北京—广州航线旅客运量　　（单位：千人）

月份	X_i	$X_i - \bar{X}$	$(X_i - \bar{X})^2$
1	57.53	1.67	2.79
2	55.70	3.5	12.25
3	65.0	6.8	46.24
4	68.7	9.5	90.25
5	66.8	7.6	57.76
6	68	8.8	77.44
7	65	5.8	33.64
8	53.7	5.5	30.25
9	54.5	4.7	22.09
10	68.9	9.7	94.09
11	51.6	7.6	57.76
12	48.6（34.5）	24.7	610.09

根据对以上数据的分析，北京—广州航线由于需求大，运力无法满足旅客需求，但其运力变化较稳定，客座率各个月份均很高，这时 σ 很小，运量分布集中在平均运量周围，不能真实反映淡旺季的需求规律，在这种情况下，应对随机变量和正态分布图形进行修正，使变量分布符合正态分布。根据对我国航线运输量的分析和正态分布特征，淡季与旺季差别大多数是相差 1 倍左右，即淡季只有旺季的 50%。如果低于此数，计算时应假设最低运量为最高运量的一半，以此作为最小运输量进行计算。这样才能真正反映运量的分布。

依上述方法计算得到以下各变量：

$\bar{X} = 59.2$

$\sigma = 10.16$

$V' = 0.17$

$$Z' = \frac{59.2 - 34.5}{10.16} = 2.43$$

$$\hat{U} = \frac{\overline{X}}{(1 - Z' \times V')}$$

$$= \frac{59.2}{(1 - 2.54 \times 0.17)} = 100.9$$

每月平均有 4.17 万名旅客没有满足乘坐飞机需求，占运输量的 70.4%。

北京—广州航线旅客运输旺季是 4、5、6、10 四个月，根据上述资料，其变量计算如下：

$$X_{旺} = \frac{68.7 + 66.8 + 68 + 68.9}{4} = 68.1$$

σ、V'值不变，因为以上数据是离散型的，故应进行连续校正。

$$Z' = \frac{(68.1 - \frac{1}{2}) - 34.5}{10.16} = \frac{33.1}{10.16} = 3.26$$

$$\hat{U} = \frac{68.1}{(1 - 3.26 \times 0.17)} = \frac{68.1}{0.446} = 152.7$$

北京—广州航线旺季平均每月有 8.46 万人乘飞机的需求没有满足，占旅客运输量的 124.2%。

从以上两条航线计算可看出，北京—上海航线，旺季比淡季紧张得多，说明其受旅游季节变化影响大。而北京—广州航线全年未满足的需求比重不仅高于全国平均水平，也高于北京—上海航线的水平。其原因是，不仅北京与广州两个地区之间的旅客流量大，而且天津、河北、内蒙、山东等地区到深圳、珠海、香港等地区的旅客也有许多是通过北京—广州航线中转的。这些旅客大多数是经商或因行政公务旅行。所以这条航线受季节性变化影响比较小，但全年平均需求量较大。北京—广州航线旺季是4、5、6、10四个月份，这是由于一年春秋两次广交会带来的旅客需求。我们在航班计划中应考虑不同航线不同需求的特点。由于目前我国航空运输不能满足社会需求，在短期内很难办到使运力基本满足需求，所以，使客座率保持在80%左右是符合我国目前情况的。根据上述原因，北京—上海航线全年平均应增加35%左右的运力，旺季增加75%左右的运力。北京—广州航线全年平均应增加45%左右的运力，旺季增加70%左右的运力。

以上是根据1987年统计资料计算的，只表示1987年情况下的运输市场潜力，随着运价、运力、客源的变化，航空旅客运输市场平均需求也会发生变化。

制定国内航空旅客运价需要研究的几个问题[*]

长期以来，我国国内航空运价水平一直很低，企业长期亏损。近几年进行了几次调整，但还没有完全理顺。1987 年每客公里费率只有 0.113 元。从 1988 年 7 月 20 日开始，对国内 56 条旅游热线的折扣运价上浮到公布运价水平，这只是局部性浮动。要全面理顺国内航空旅客运价，必须全面改革国内航空旅客运价体系。在制定国内航空旅客运价时，有几个问题值得研究：

一、运输成本的计算

这是确定合理运价的基础。运输成本应全面反映运输过程中物化劳动和活劳动的投入。20 世纪 80 年代，民航国内航线的成本核算是以机型成本为依据，机型成本项目只包括运输飞行费、维修费、业务经营费、企业管理费。按此计算，民航国内航线在 1987 年是亏损的。而且，由于

---

* 本文原载于中国民航局《民航参考资料》1988 年第 19 期。

种种原因，运输飞行中的航行、气象、通信导航、油料、场务等费用不包括在机型成本中。这些费用也是运输飞行中所必需的支出，应在运价成本中反映。

此外，20 世纪 80 年代通过国际租赁飞机应付的租金已进入成本，但通过国内银行贷款购机和基本建设、更新改造贷款的还本付息，有相当一部分需用利润归还（有一部分用折旧归还）。这部分按照国际惯例，是列入成本的，但我们未列入成本。这就造成了民航在利润上的虚假现象。如 1987 年民航全行业表面利润为 10 亿元（主要是国际航线利润），但用于购机、基建贷款的还本付息就达 4 亿多元，几乎占了利润的一半，其中国内航空用国际航线利润还贷达 2. 8 亿元。这一部分目前虽不能计入成本，但应作为运输企业的支出，列入企业维持简单再生产运价成本中。

二、缴纳税金和应交利润的核算

目前民航缴纳税利有六项：营业税、教育费附加、城市维护建设税、所得税、能源交通建设基金、因调价应交利润。前三项是从收入中扣除，后三项是从利润中上缴国家。为了避免由于税金造成虚假利润现象，在计算运价时，所有应缴纳税利应在税前计算。

三、利润率的确定

利润率决定着民航的发展能力。由于国内航线长期处于亏损状态，主要依靠国际、地区航线的利润进行补贴。这种条件下企业无自我发展能力。也容易使经营国内航线为主的企业滋长依赖思想。这种状况不利于国内航空运输的发展。民航是资金密集型行业，通过利润提供的资金要与运输生产相适应。1987 年民航固定资产原值为 104.7 亿元（含租入固定资产 46.4 亿元），比 1980 年增长 3.5 倍；同期民航运输总周转量达到 20.3 亿吨公里，比 1980 年增长 3.7 倍。

在分析民航发展能力时，应注意目前的现状：第一，主要机型飞机的日利用率已达到或接近世界平均水平，在目前的机务维修和机场条件下，虽有一定潜力，但不会再有很大提高。增加运力主要依靠增加飞机，所需资金数额较大。第二，由于资金来源困难，长期以来民航的机务维修、航行管制、人员培训投资严重不足，1950 ~ 1987 年这三项累计投资额之和占民航累计总投资额的 12.4%，需增加投资。第三，主要机场能力紧张，需逐步扩建、新建。考虑到民航的特点和现状，应在维持简单再生产的基础上，确定以 15% 左右的利润率为宜。

四、确定合理的客座利用率

价值规律客观上要求运价水平与市场的供求关系相平衡，而我们现行运价水平低于供求平衡点，因此，出现了供不应求的卖方市场。这时的市场在需求者之间发生竞争，要求价格上升，并逐渐向供求平衡点靠拢。客座利用率反映了航空市场的供求关系。国际上不少国家是以客座利用率测算航空需求，认为当客座利用率为 60% 时，有 6% 的需求得不到满足；客座利用率为 70% 时，有 20% 的需求得不到满足。而我国国内航线目前的客座率是 90% 左右，有许多需求得不到满足，这是不正常的。根据我国情况，客座利用率在70%~80%之间较合适，这时运力可基本满足旅客需求。所以，要使运价能够合理调节供求关系，应该把运价费率建立在70%左右的客座利用率上较合适。

按以上几点，根据1987年民航财务年报和统计年报提供的资料，采用合理价格=生产总成本（含利润还款）+税金+利润（含企业三项基金）公式计算，1987年国内航线运价总收入为30亿元，1987年国内航线完成126亿人公里，则客公里费率为0.24元左右。但这是1987年国内航线客座利用率89.5%情况下的运价水平，不能有效地调节供求。当客座利用率为70%时，国内航线客公里费率为0.30元。这个水平只有目前国际运价水平的40%左右，为亚太地区运价水平的一半左右。

提高民航飞机载运率对策研究*

飞机载运率是民航一项重要经济效益指标。我国民航客座利用率较高，但载运率较低，尤其是国际航线和国内航线飞机货舱吨位存在较大虚耗。提高飞机载运率大有潜力可挖。

一、飞机载运率的概念和提高载运率的意义

（一）飞机载运率概念及计算方法

本报告中飞机载运率指标体系及计算方法如下：

1. 飞机载运率：飞机实际完成运输总周转量与最大运输总周转量之比，或实际商务载量与最大商务载量之比，反映最大生产能力的利用程度。

$$\text{飞机载运率（\%）}=\frac{\text{实际完成运输总周转量}}{\text{最大运输总周转量}}\times 100\%$$

* 本文为民航软科学课题，课题组长为李军、徐冯嘉同志，作者承担执笔起草、设计公式模型及计算，主要内容原载于中国民航局主办《民航参考资料》1989 年第 6 期。中国民航局专门发文在全行业应用该课题。

$$或：=\frac{实际商务载量}{最大商务载量}\times 100\%$$

2. 客座利用率：飞机实际完成旅客周转量与最大旅客周转量之比，或飞机实际载运旅客数量与飞机最大商务旅客座位数量之比，反映最大客运能力的利用程度。

$$客座利用率（\%）=\frac{实际完成旅客周转量}{最大旅客周转量}\times 100\%$$

$$或：=\frac{实际完成旅客运输量}{最大商务旅客座位数量}\times 100\%$$

3. 货舱利用率：指实际完成货邮周转量与最大货邮周转量之比，反映最大货运能力的利用程度。

$$货舱利用率（\%）=\frac{实际完成货邮周转量}{最大货邮周转量}\times 100\%$$

$$或：=\frac{实际货邮运输量}{最大商务货舱吨位}\times 100\%$$

最大货邮周转量 = 最大总周转量 − 最大旅客周转量

4. 虚耗的总周转量：可以利用的飞机商载吨位没有得到利用而损失的总周转量。

虚耗的总周转量 = 最大周转量 ×（100% − 载运率）

5. 虚耗的旅客运输量：可以利用的客座数没有得到利用而损失的运输量。

$$虚耗的旅客运输量=\frac{最大旅客周转量}{旅客平均运程}-实际旅客运输量$$

6. 虚耗的货邮运输量：飞机货舱可供最大装货能力减去实际货邮运输量。

$$\text{虚耗的货邮运输量} = \frac{\text{最大货邮周转量}}{\text{货邮平均运程}} - \text{实际货物运输量}$$

7. 提高载运率增加的周转量：提高的载运率与上期最大周转量的乘积。

$$\text{提高载运率增加的周转量} = \text{上期最大周转量} \times (\text{本期载运率} - \text{上期载运率})$$

（二）提高飞机载运率的意义

提高飞机载运率是实现以同样的投入，取得更大的产出。这是当前民航挖掘运输潜力，提高经济效益的一个重要途径。

1. 在已有运力的条件下，多运输客货，有利于缓和运输紧张状况，满足社会需要，尽可能节省购置飞机的投资。如果在1988年载运率67.2%的基础上提高到70%，即可增加运输总周转量9400万吨公里，相当于5架波音737飞机在日利用率7.5小时情况下一年的运输生产量。按波音737飞机每架8600万元计算，分15年计提折旧，仅购机资金一项即可节约2850万元。

表1　　1988年民航在不同载运率下的成本与利润分析　　单位：元

	盈亏点	实际值	期望值 当载运率达到			
载运率	51.1%	67.2%	70%	75%	80%	85%
吨公里成本	2.10	1.65	1.56	1.45	1.36	1.28
吨公里收入	2.17	2.17	2.17	2.17	2.17	2.17
吨公里税金	0.07	0.07	0.07	0.07	0.07	0.07
吨公里利润	—	0.44	0.54	0.65	0.74	0.82

2. 通过增加运量，相对降低单位运输成本，增加利润。如表 1 反映，载运率越高，单位运输成本越低，利润越大。当载运率达到 70%，可以比 1988 年实际载运率 67.2% 增加收入 2.04 亿元，由于这部分收入的增加是在相对节约成本情况下产生的，所以可以增加利润约 1.5 亿元。

3. 过去几年中，我国民航国内航线客座利用率高达 90% 左右，旺季部分航线高达 95% 以上。客座利用率太高，说明运力不能满足市场需求。从 1988 年 7 月下旬开始，国内部分旅游热线运价取消折扣优惠，上浮到公布票价水平。从 1989 年 9 月 5 日开始，国家对国内航线运价进行调整，调高幅度为 77%。运输紧张状况有所缓解，客座利用率有所降低，这是一个合理的变化。在这种情况下，如何使飞机载运率保持在一定的水平，并争取有所提高，是一个十分现实的问题。

二、影响民航飞机载运率的主要因素

影响飞机载运率的主要因素有市场需求与开发、航线布局、航班安排、飞机配载、机队结构、管理体制和水平、运价政策等因素。以下分别对影响民航国内、国际航线飞机载运率的原因进行具体分析。

（一）国内航线货舱吨位利用率低

由于一方面运力不足，另一方面国内航线旅客运输需求量很大，供需矛盾突出，致使客座利用率很高。但以客座利用率和货舱利用率加权平均计算的载运率却比较低。目前民航对货舱吨位利用情况尚未单独统计和考核，我们按有关公式计算：1987 年和 1988 年货舱吨位利用率分别为 50.5% 和 50.8%，这两年由于货舱吨位利用率低，分别损失 5.9 亿吨公里和 6.6 亿吨公里。国际民航组织公布的统计资料也没有飞机货舱利用的资料。经过换算，1987 年国际民航组织成员国平均货舱利用率为 55.6%。所以，我国民航货舱吨位利用率不仅大大低于客座率，也低于国际平均水平。

民航国内航线货舱吨位利用率低的原因主要有以下几个方面：

1. 对航空货运发展重视不够。长期以来，在经营指导思想上，存在着重客轻货的问题，忽视航空货邮运输对国民经济发展和对外贸易的作用。客运满足不了社会需要感到压力大，而货邮运输上不去则不易引起重视。货运工作摆不上应有的位置，一些制约货运发展的问题长期得不到解决，缺乏鼓励发展货运的经济政策。

2. 货运经营管理薄弱。(1) 许多企业往往是用卖方市场的方法经营货运，不重视开拓货运市场，而是坐等货源。甚至有时飞机有吨位，也有货源，却因货运组织不力而缺载。(2) 缺乏合理的货运网络，环节多，效率低，没有真正发挥空运优势。(3) 货运吨位控制十分薄弱。信息不灵通，配载不合理，装机不科学。航站之间互通航班动态迟缓。航班始发站不及时，或者根本不向经停站拍发载重报或装机报，使经停站掌握不了航班舱位利用情况进行预配载。另外，加班信息有时也漏通知货运部门，造成货运缺载或空载。有的单位平时不重视正班货舱吨位的利用，正班载运率低，而又组织货运加班。甚至有的航线货物积压时用汽车抢运。目前民航多数航站配载设在客运系统，靠手工操作，简单地将旅客行李估算一下，剩下的吨位分给货运配货装机。货舱有效空间和吨位没有按规定充分利用，造成吨位浪费。

3. 货运价格体系和结算制度不合理，影响企业的积极性。(1) 目前的航空货运价格订得过死，缺乏调节功能。国内货物运价构成简单，基本上只分普通货和贵重货运价两类，品种之间无差价，价格调节机制不能自觉对货物市场的需求进行灵敏地反映和调节。货物重量和体积的矛盾还没有完全解决，一些体积大、重量轻的轻泡货物造成了运量减少，收入减少。(2) 收益结算分配制度不合理。长期以来，民航运输企业货运收入采用按规定费率结算进行分配的办法。即由民航局根据全局运输企业货邮运始发收入和货邮运输总周转量计算出每吨公里结算率，各企业按照货邮运始发收入、实际完成的货邮运输总周转量和规定的结算率结算运输收入。这种分配方式采用货邮行李合计周转量混在一起结算，免费行李占的比重很大，货邮、行李含混不清。同时，过去民航客货混合机型的货运收益分配采用按货邮行每吨公里0.55元的费率结算，企业反映偏低，影响经营货运的积极性。以后经过两次调整，现行结算率为0.80元，但仍然低于实际货运收入。采用按平均费率结算的方法，不能真正反映具体航线机型的投入产出效益，因为不同航线运量不同，实际上每条航线都有自己的结算率。所以，这种方法不能将货邮运输的经营成果与企业利益紧密结合起来，在分配上造成企业之间苦乐不均，影响了经营者的积极性。货物运输中存在着大量的绕道和迂回运输。我国航空货邮平均运程大部分高于旅客平均运程。1988年旅客平均运程为1528公里，货邮为2260公里，这里有部分原因是由于货运以长航线为主，但同时也存在一定比例的绕道运输和迂回运输现象。迂回运输使吨公里平均收入降低，从而影响经营效益。

4. 货运设备落后，效率低。目前，货运仓库不能满足货运发展要求，特别是对于冷藏、保温，以及危险品、贵重品的仓库，基本上没有。仓库管理工作薄弱，还没有使用电子计算机进行仓库管理。装卸搬运操作，除少数靠机械设备外，主要是依靠手搬肩扛，效率很低。国内货运集装化运输发展比较缓慢，只有北京至广州、上海航线的宽体飞机，其余均非集装箱运输。地面装卸设备与飞机不配套，很多机型的地面设备不能共用。

5. 国内航空邮运下降。与1987年相比，1988年民航运输总周转量增长14%，邮电业务量增长39%，邮政函件、急件分别增长8.5%和11.5%。但是，作为航空运输的一个组成部分的邮件运输，却下降了1.1%。全国30个省会、首府和直辖市的机场，有1/3邮件发运量比1987年减少。其中广州减少939吨，下降29.7%；北京减少250吨，下降9.2%。

航空邮件运输下降的主要原因是：（1）民航运价高，铁路运价低，使邮件运输大部分压在铁路。（2）邮政系统推行经营承包责任制后，为了增加利润，降低成本，不愿利用空运，甚至有的地方将用户交空运的部分邮件也由铁路运输。（3）民航与邮政部门在管理上不协调。例如，北京首都机场规定邮政部门每天早上将当天要运的邮件送到机场，且每天只交一次，结果造成邮政部门不能根据航班时间最快地运输邮件。

6. 客货运输航线不分，客机带货，从客观上影响飞机载运率的提高。民航现有航线航班主要是按旅客运输需要配置的，但又以飞机的货舱吨位用来载货，而旅客和货物流向流量不完全相同，实际提供的客货运力结构与市场所需要的客货运力结构有一定差异，给货舱吨位利用带来了困难。这是造成吨位虚耗的一个客观原因。突出地表现是有的航线客源足，货源少。

有的航线货运单向性突出，同一条航线上去程货舱吨位利用率较高，而回程较低，或反之。如1986年，北京、广州、上海三大机场之间航线的货邮运输为16835吨，单向差为5049吨的虚耗，占总运量的近30%。

有的航线双程货舱吨位虚耗。在一条航线上客源很多，但货源却很少，航班在执行中客座率很低。这个特点在旅游航线上非常突出。

7. 从机型方面看，飞机货舱吨位较大，货源少。在国内航线上，特别是旅游航线上，因为使用的飞机货舱吨位较大，B767、B757、B707、A310、MD-82、TRD等机型货舱吨位占机型全部商载吨位的41.2%~50.3%，造成这些机型货舱利用率只有30%~49.7%。

（二）部分国内航线客座未充分利用

尽管目前国内航线客座利用率很高，但由于运输管理上的问题，造成一部分运力应该利用的没有得到利用，其表现主要有以下几个方面。

1. 由于销售体制不合理造成的座位虚耗。为了更加真实地反映企业的经营状况，促使改善经营管理，民航从1987年取消国内航线联营制度，实行票证结算。并且在体制改革中成立骨干航空公司。这无疑都是增强企业活力，提高经济效益的重要措施。但是，运输中售票、机场值机、货物收发、配载、装载都是由当地航空公司代理完成的，仍然没有打破航空运输市场的垄断和运输环节的不合理控制，缺乏互相制约，一些单位存在本位主义，总是先保证自己航班的客源，各地普遍存在去程客座利用率高，而回程客座利用率低的现象。

2. 航班座位控制管理不完善造成一方面旅客买不到票，另一方面航班座位虚耗。为优先保证旅游运输的需要，各地民航售票处与旅行社建立了订票合同关系，但部分旅行社订座水分较大，甚至私下转让或倒卖。例如，据北京售票处反映，北京地区民航70%的航班座位被旅行社订去，然而这些旅行社实际只使用所订座位的26%~30%。旅行社订座水分高达76%，而且不受淡季、旺季的限制。按1986年民航运字第016号文件，需收退座手续费，但有些旅行社为躲避收费，不通过民航私下转让或倒卖座位，使部分航班的座位失控。

旅游单位没有同民航做好旅客订座再证实工作。各旅行社得到从国外发来的旅行团实际人数，外宾30~40天少则20天，港澳台旅行团10天也能得到准确消息，最迟7天前也能得到旅行团准确人数，可是，过去取票时限，只限航班起飞前两天的中午12:00以前取票。为此旅行社座位保留时间长，一旦取消就造成座位售不出去或散客买不到机票，而飞机上又有空座位。

3. 由于航线和运力布局不合理造成的座位虚耗。目前，在运力紧张的同时，新疆航空公司、北方航空公司（后并入南方航空公司）等单位，由于地理位置原因，运力有剩余。为了利用运力，安排了一些甩鞭子航线或延伸航线，这样有些航线载运率不够理想。中国国际航空公司将三叉戟飞机布局在天津，造成调机和北京—天津航段客座利用率较低。

（三）国际、地区航线竞争能力较差，部分航线缺载

我国民航国际航线载运率不仅低于国际民航组织成员国的国际航线平均载运率，而且在所经营的航线上低于对飞国航空公司的运量。1987年，我国民航国际航线扣除国内航段的旅客，共运输62万人，而同期外

航国际航班在我国境内出入旅客人数为 91 万人，我国民航市场占有率为 40.4%。

造成我国民航国际航线载运率和客座利用率低的主要原因：

1. 竞争能力差。

(1) 经营缺乏灵活性。目前国际航线是买方市场，航空公司竞争激烈。所以经营国际航线应按国际市场特点和买方市场供求关系的规律，采取灵活措施来经营。而目前我们经营国际航线的内部机制不够完善，在市场开发、宣传、客货源组织、运价政策等方面还不够灵活。

(2) 服务水平低。我国民航国际航线的服务水平同国外先进航空公司有一定的差距。主要表现为航班正常性较低，不正常情况下的服务工作跟不上；有的服务人员态度不好；机上供应平淡；不能完全满足购买联程票的要求，旅客感到不便。

(3) 国家空运保护政策执行得不够好。按照有关规定，为了维护国家利益，节约外汇支出，发展我国民航事业，参照各国的普遍做法，凡由我国有关单位负责支付旅费的中外人员，在有中国民航经营的国际航线上旅行，均应乘坐中国民航班机。对空运货物和邮件也作了同样规定。但是，由于外航采取提高机票折扣比例等方式招徕生意和一些出国人员贪图个人利益，结果越来越多的中国公费旅客不遵守国家规定而乘外航班机，影响了我国民航的运量。

2. 部分国际航线客货源不足，长期缺载。部分老航线长期缺载，载量下降。例：中埃（亚的斯亚贝巴）线，1985 年载运率为 41%，1988 年为 29.8%；客座利用率 1985 年为 66.1%，1988 年为 44.6%。中苏线载运率过去较低，但一度上升，1985 年达 79.8%，客座率

69.4%。近年来东欧、北欧其他点通航后，中苏线载运率下降，1988年载运率37.6%，客座利用率42.2%。中朝线、中南线等客货也是长期较少。

一些新开辟的国际航线客货源不足需要有个培养过程。例如，1988年中加线载运率为31.9%，客座利用率27.5%；中日线北京—福冈，1988年载运率48.3%，客座利用率35.2%；中土线1987年载运率21.8%，客座利用率32.8%。

3. 国际航线国内段未充分利用。目前，我国国际航线国内段主要有中美线北京—上海段，中日线北京—上海、北京—大连段，中菲、中新、中澳、中泰线北京—广州段，1987年中日线北京—上海国内段，去程客座利用率为82.1%，回程只有57.2%。中美线北京—上海国内段去程客座利用率79.3%，回程只有56.9%。如果这两航段航班平均回程客座利用率由57.1%，提高到80%，则全年可多运输旅客34300人，约相当于波音767飞机在客座利用率80%下21个班次的运量。中日线北京—大连国内段，去程客座利用率只有28.7%，回程69.6%。而中菲、中新、中泰、中澳线北京—广州国内段客座利用较好，其客座率双程均在80%左右。说明在国内客运紧张的情况下，只要组织得力，国际航线国内段利用是大有潜力可挖的。中日、中美线北京—上海国内段和北京—大连国内段客座利用不高，主要原因，一是上海售票部门因为不是自己的航班，不重视回程的客座利用。同时中美线回程到北京时间太晚，国内旅客不便。二是北京海关不同意国内旅客乘北京至日本经停大连或经停上海的国际航班，不同意外宾、华侨和港、澳、台胞乘北京至上海、广州的国际航班国内段。

三、提高飞机载运率的目标

（一）提高飞机载运率的目标

1. 基本目标。针对本报告对影响飞机载运率因素的分析，采取相应对策，期望在1988年载运率67.2%的基础上提高2.8个百分点，达到70%。则可以在1988年运力条件下增加运输总周转量9400万吨公里。增加业务收入2.04亿元，增加利润约1.5亿。

2. 目标分解。

分解公式：

$$载运率=\frac{(最大旅客周转量\times客座利用率)+(最大货物周转量\times货舱利用率)}{最大旅客周转量+最大货物周转量}$$

1988年载运率中客座利用率和货舱利用率，及其在国内、国际、地区航线上的分布情况。如图1。从图1可以看出，我们提高载运率的重点应放在国内、地区、国际航线的货舱利用率和国际航线客座利用率方面。同时，因为国内旅客运价上调幅度较大，客座利用率应有所下降。

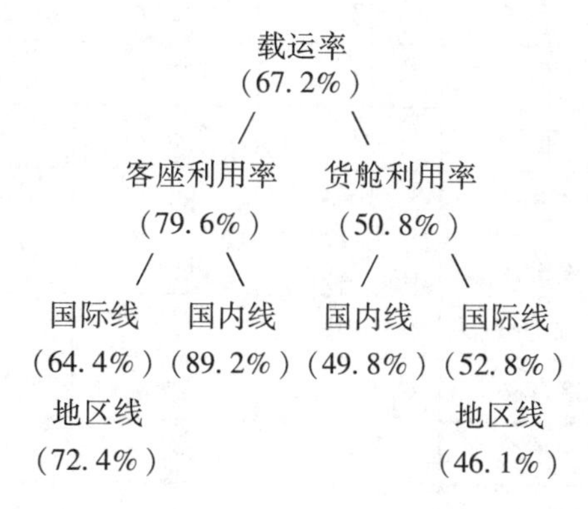

图1

根据提高飞机载运率目标，对其分解如图2。

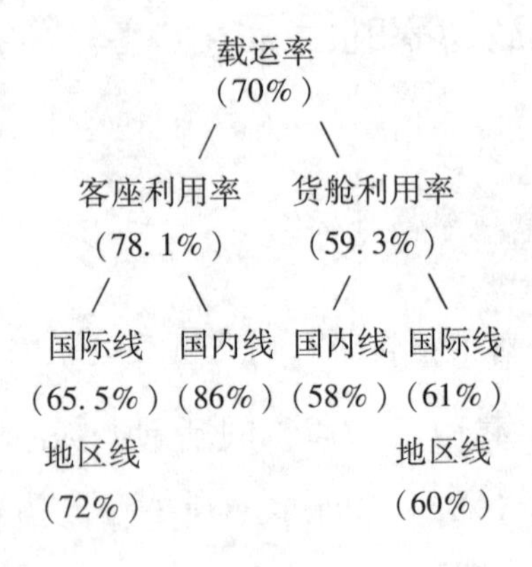

图2

这样，国内航线载运率提高0.7个百分点。其中客座利用率下降3.2个百分点，货舱利用率提高8.2个百分点；国际航线载运率提高4.8个百分点，其中客座利用率提高1.1个百分点，货舱利用率提高8.2个百分点；地区航线载运率提高6.1个百分点，其中客座利用率下降0.4个百分点，货舱利用率提高13.9个百分点。详见表2。

表2　期望载运率与1988年实际对比

项目		总载运率	国内航线	国际航线	地区航线
载运率	1988年%	67.2	75.7	58.3	60.5
	期望值%	70	76.4	63.1	66.6
	+－百分点	2.8	0.7	4.8	6.1
客座利用率	1988年%	79.6	89.2	64.4	72.4
	期望值%	78.1	86	65.5	72
	+－百分点	-1.5	-3	1.1	-0.4
货舱利用率	1988年%	50.8	49.8	52.8	46.1
	期望值%	59.3	58	61	60
	+－百分点	8.5	8.2	8.2	13.9

（二）我国民航飞机载运率优化结构模型

为了使不同机型在不同航线上达到最优化的载运率分布，采用线性规划原理，编制我国民航飞机载运率优化结构模型。

设变量：

j = 航线；

i = 机型；

x_{ij} = i 机型 j 航线上的载运率；

z_i = i 机型实际周转量；

c_{ij} = i 机型 j 航线吨公里成本；

z_j = j 航线（国内、国际、地区）实际周转量；

g_i = i 机型载运率提高系数；

h_j = j 航线载运率提高系数；

z_{ij} = 第 i 机型第 j 航线最大周转量；

求：x_{ij}（$i=1, 2, \cdots\cdots n$；$j=1, 2, \cdots\cdots m$）

满足以下约束条件：

（1）提高载运率增加的周转量要等于该航线周转量加上增加的航线周转量。

$$\sum_{i=1}^{n}\sum_{j=1}^{m} X_{ij} Z_{ij} = (1 + h_j) Z_j (i = 1,2,\cdots\cdots n;\quad j = 1,2,\cdots\cdots m)$$

（2）提高载运率增加的周转量要等于该机型周转量加上增加的机型周转量。

$$\sum_{i=1}^{n}\sum_{j=1}^{m} X_{ij} Z_{ij} = (1 + g_i) Z_i (i = 1,2,\cdots\cdots n;\quad j = 1,2,\cdots\cdots m)$$

并使：$S_{min} = \sum_{i=1}^{n} \sum_{j=1}^{m} C_{ij} X_{ij} Z_{ij}$

四、提高国内航线飞机载运率的对策

（一）大力开发航空货运市场，增加货源

1. 重视和加强货运组织工作，提高货运质量和效率。发挥航空货运的优势。航空运输的优势最主要是快速，如果不能满足这一要求，则托运人理所当然选择比航空运价要低的铁路、公路或水运，那么航空货运就会失去市场。所以，为了发展航空货运。提高货舱利用率。必须改进货运生产组织工作，对不同种类和要求的货物，按不同时限要求运达目的地。提高运输效率，改进货运服务质量，特别是要解决联程货物的积压问题。减少货物破损，通过改进取得良好的信誉，这是增加货源的先决条件。

2. 加强横向联系，争取货源。对货源较稳定的货主，要加强与其业务联系，在相互支持理解的基础上，建立稳定的运输业务关系。例如，新疆航空公司，在当地适合空运货物较少的情况下，积极组织货源，提高服务，实行灵活运价，与天山毛纺厂有限公司、伊宁第二毛纺厂等生产厂家建立了运输合同，使一些厂家将其出口产品和部分内销产品交民航运输。

3. 增设销售网点，推行销售代理业务。国际上多数航空公司主要靠货运代理公司获得货源。例如，汉莎航空公司95%的货源来自货运代理公司，5%是自办的。由于这一联合是建立在商品经济关系上的经济合作，不仅有利于开辟航空货运市场，保证航班货源，而且有利于提高货运服务质量。目前我国民航只有一小部分货运实行销售代理（不是指航

空公司之间的代理)，应积极扩大这方面的业务。

4. 发展小件快运。小件快运业务在许多国家发展很快。我国邮政部门从1980年7月开始国际特快专递邮件业务，1984年12月开办国内、市内特快专递业务，邮资每200克8元。1987年11月开办普通快件，通达全国196个大中城市，邮资每20克0.5元。而民航自办的快运业务量很少。实际上，民航企业开办小件快运能够为社会提供更方便的服务。民航企业可以在市内售票处等地设收货点，也可给货运公司代理。小件运输根据航班班期和吨位收货，选择最佳时间的航班，尽可能快地把货物运达目的地。收货人在市内取货，也可送货上门。其运价构成可按吨公里成本加税和利润率20%。这样，北京至广州每公斤运费4元左右。也可考虑与邮政部门合作。

(二) 大力发展航空邮运

由于我们目前主要是客班带货，但货运流量流向与客运是不同的，使得提高载运率有一定的困难。考虑到邮件是比较稳定的对流货源，设想将铁路运输的部分邮件向空运转移，铁路减邮增客，民航以邮补货。这样有以下几点好处：第一，填补民航货舱吨位不足，增加收益；第二，铁路可腾出邮车运力增加客运；第三，可提高邮件运输效率。

例：北京至广州航线，1987年共飞行4000多班，货舱吨位虚耗4176万吨公里，吨位17628吨。若扣除一定比例的货物轻泡系数，并使货舱吨位利用率保持在80%左右，京—穗线民航班机可增运货邮11410吨，多产出2243万吨公里，可增加收入约1734万元。民航班机挖潜增运的11410吨，相当于3.5节定员120人车厢平均每天运行1班的业务载重量，即京—穗线铁路一年可增运旅客15万人。如果将京—穗线全部10个站平均241公里1人次计算，一年可多运150万人左右的中短程旅客。同时，在京—穗线上铁路邮件交民航班机，可缩短在途时间30～32个小时，为邮政部门快速完好地运送邮件提供了条件。

增加航空邮件运输，关键是运价问题。这次运价调整，对邮运价格没有提高。还可考虑制定一种民航、邮政和消费者都能承受的价格。为此，建议在货源较少的航线开办一种普邮与快邮之间的邮运业务、运输时间慢于快件，高于普件，由邮政企业宣传、收货，民航运输。按此方法不仅航空邮件运输量能大大增加，而且民航和邮政部门都能增加收入。至于其他问题，如邮政与民航的衔接，也是可以解决的。

（三）改革运价体制和收益结算办法，调动企业积极性

1. 货运价格应有利于开发货运市场，同时要同运输成本挂钩。要使货运价格能够真正灵敏地调节货运供求，反映不同货物之间的运输差价，使运价能够成为航空货运的重要调节机制。由于目前国内航空货运量较小，航线运输差别较大，还处在市场开发初期，建议将货运价格实行指导价格或浮动价格。对不同航线、不同季节、不同货物实行不同价格。同时要改革货运价格管理办法，允许企业根据货运市场供求情况在规定的上限、下限运价内浮动。

2. 不同重量、不同品种、不同季节实行不同的运价。

（1）在货源较少的航线实行等级运价。在通常情况下，货源越充足，运量就越大，成本相对减少。同时，为了在价格上能够吸引更多的货源，加速航空货运发展，对不同重量的货物实行不同运价。根据国际

上一些做法，享受折扣运价的货物重量是40或50公斤。我们暂考虑以50公斤为界限，50公斤以下实行标准运价，50公斤以上实行折扣运价，并随重量增加，折扣递减。为避免复杂化，货运折扣价格只分三个档次，即一条航线上实行三种折扣，每个范围均用一种折扣价。

（2）实行单位体积和鲜活货运价。近年来，我国航空货运中轻泡杂货和鲜活货越来越多，特别是国际线。为了解决轻泡杂货重量与体积的矛盾，宜将货物的单位重量同体积统一起来。这种运价适用体积较大的货物，但同其他的原则也不矛盾。计算体积是以长、宽、高、各边最长部分为准。一定重量的货物，其体积超过一定限度时，要按比例加费。例，每公斤超过6000立方厘米，每6000立方厘米按1公斤计算运费。

（3）对季节变化大和货邮长期缺载的航线，实行浮动价或指导价。由于货运的季节性和生产力布局原因，造成某一季节或某些地区至另一些地区航空货源较小。而航空运价相对较高，不能吸引更多的货源，致使部分航线货舱吨位白白地浪费。在这种航线上，应采取灵活的货运价格。在运输淡季，运价下浮，在缺少货源的航线根据市场供求，制定指导价格，或浮动价，以开辟市场货源。

2. 改变货运收益结算办法。要从现行货邮收入分配的平均费率结算制，逐步过渡到票证结算制。这样有利于调动生产者经营货运业务的积极性。加强货运业务的经济核算，克服货运工作中的不合理运输，加快货邮运输环节的速度，提高经济效益。

（四）加强货舱吨位控制

1. 建立货舱利用率指标考核制度。目前的货物发运量、货物运输量和飞机载运率指标，都没有完全解决货运生产工作的效益和质量的考核问题。货物发运量和运输量指标，只能反映货运工作量，而不能反映航班货物运输生产的效益。载运率是综合考核航线航班的客货吨位利用。由于客座利用率高，所以在很大程度上掩盖了货舱利用率低的现象。因此，应当建立货舱利用率考核指标，并建议在今后进一步完善企业内部经济责任制时，要将充分利用航班空余吨位，提高货舱利用率列为考核企业经济效益的重要指标，并与单位和个人的经济利益挂钩。

2. 加强货舱吨位控制，合理配载。把飞机吨位控制作为生产经营的一个重要环节，尽快健全组织。在货运量较大的机场，应成立专门货运配载机构，或者实行客货联合配载。配载室应及时掌握每一航班旅客和货物、邮件的配载情况。并根据实际乘机旅客的增减变化及时通知货运装卸部门减少或补充装运货物、邮件。而货运部门则除按照货舱利用计划做好货物、邮件装机准备外，还应临时补充“填空”货物的准备，以便在旅客减少时增加货物、邮件，充分利用航班货舱吨位。

建立机型的配载模型。根据生产经验，对航线航班的行李，货邮比重进行经验估算。例如，南方航空公司根据生产经验，装运行李的数量为：三叉戟三个小拖斗（装2吨与1.5~1.6吨）；波音757二个大拖斗、二个小拖斗（装5~6吨），其余装货，准确率为85%左右。要根据不同季节的货源和客源，在冬季客运淡季时，货源较多，应调整飞机机舱布局，减少一些客座，增加货运能力。例如，新疆航空公司，在冬季客源少的情况下，把旅客安排在飞机前舱，后舱装一些轻泡货物。

国际航空公司加强运输业务部门同机务部门的协同配合，根据客货情况合理灵活改变货舱布局。B747SP货舱标准布局是3个板12个箱，或3个板10个箱。在货多客少时，就可改为4个板8个箱，或5个板6个箱，可以增加货物载量。

改进设备，提高管理水平。根据各地货运的吞吐量及其发展趋势，制定分期修建仓库规划。特别是考虑对于冷藏、保温货物、危险品、贵重品保管的要求。北京、上海、广州国际机场仓库，还应考虑使用电子计算机进行管理。装卸搬运操作要从以体力为主逐步过渡到靠机械设备为主。北京、上海、广州等地要逐步完善集装运输的装卸设备，其他业务量大的航站要配齐皮带传送车、拖斗车和必要的升降车，同时要加强设备管理和维护。在国内航线重视发展集装运输。

（五）合理规划货运网络

货运航班的组织工作，要根据客货流量的规律来进行，特别是中转货物的流向，要选择最佳的货物中转集散地点，选择合理的转运航线，避免迂回运输。对于一定重量的货物，要预先向联程站定好吨位方可收货。在航班安排上，要将航班运力吨位衔接，不能使货邮到中转地后无力承担，造成货物积压。对于由于客观原因造成客多货少的航线，要在机型上解决吨位虚耗问题，选择客载量大，货载量小的机型承担。

为此，应编制一套全国航空货运网络能力图。每年根据两次航班变动分别进行计算，并以此作为货物组织和管理的依据。这一模型要考虑以下几点：第一，发货站、中转站和收货站各航段的运输能力；第二，尽量满足需求；第三，选择最经济的航段，使成本最低。

假设：

O_i = 发运站 i 的货物发运量（$i=1, 2, \cdots\cdots n$）。

T_R = 中转站 R 转运货物的运输能力（R = 1，2，……R）。

D_j = 收运站 j 需要货物的数量（j = 1，2，……m）。

X_{ij_R} = 发运站 i 发出经中转站 R 中转最后运到收货站 j 的货物数量。

C_{ij_R} = 发运站 i 经中转站 R 中转，运到收货站 j 的运费。

求 $X_{ij_R} \geqslant 0$（i = 1，2，……n；j = 1，2，……m；R = 1，2，……k）

约束条件：

（1）收货站所收到的货物量应与发运站的货物发运量一致：

$$\sum_{j=1}^{n}\sum_{R=1}^{k} X_{ij_R} = O_i (i = 1,2,\cdots\cdots n)$$

（2）中转站的通过能力应等于发货站的收货量：

$$\sum_{i=1}^{n}\sum_{j=1}^{m} X_{ij_R} = T_R (R = 1,2,\cdots\cdots k)$$

（3）货物从发运站经中转站到收货站的运输量要尽量满足市场需要：

$$\sum_{i=1}^{n}\sum_{R=1}^{k} X_{ij_R} = D_j (j = 1,2,\cdots\cdots m)$$

使总费用最少：

$$Z_{min} = \sum_{i=1}^{n}\sum_{j=1}^{m}\sum_{R=1}^{k} C_{ij_R} X_{ij_R}$$

上述模型是多目标运输问题，由它的解得到有中转的最优运输方案。这一模型可在实际运用中参考。

（六）进一步改善管理，减少客座虚耗

1. 尽快改革销售体制。随着政企分开，各个骨干航空公司相继成立、为使企业真正放开经营，发挥市场机制，必须对目前集中统一的销售体制进行改革。改革的方向应是采用多种销售方式和体制。一是航空公司可以自办销售，在主要城市设立客货销售网点。北京西单的销售票中心建立后，即可向各航空公司提供服务。二是改进销售代理关系，可由公司互相代理，也可委托其他企业代理。所有代理必须采用经济合同制，明确双方的权利和义务，加强协作配合，互相制约。三是在企业自愿互利的基础上一些航线仍可实行联营。

2. 尽快采用计算机，科学管理飞机座位，解决联程订票问题。目前，我国民航应用计算机进行飞机座位和售票管理处于起步阶段，仅限于北京、广州、上海、桂林、武汉等地，还没有形成网络，功能还不完善。今后，应加快建立以北京为中心，连接国内主要省会城市、旅游城市的计算机旅客服务系统网络，进一步完善座位控制功能。应用计算机联网管理，要配备业务熟练、工作责任心强的人员搞航班控制工作。除控制部门可预备一定数量的座位外，营业员和各销售点一律不得预留、预订座位。控制人员要密切注意航班动态，及时清理重复订座及已超过取票时限的订座记录。

航班旅客座位管理，应实行集中控制、扩大分散销售网点，并对各销售点采用计算机联网管理，这样有利于消除对销售网进行配额管理而造成的虚耗。销售网点主要设在有固定客源的单位，或流动客源较多的地方（如火车站），对政府机关、事业单位、大型工商企业可签订订票合同。同时，要加强订票合同的管理，对违反合同或利用合同之便倒卖机票的单位要实行经济制裁。

3. 积极组织候补票。目前我们大多数只是在机场组织候补票旅客，这对离市区较远的机场效果不好，应改进候补票旅客的组织工作。

由于在售票过程中经常产生以下几种情况：(1) 旅客尤其是团体旅客购买机票后在班机起飞前几小时内退票；(2) 航班保留的座位和国外

订座的座位太多，没有使用上；（3）旅客取消订座；（4）旅客误机；（5）没有完全清理预订座位；（6）联程旅客因飞机延误或取消不能赶上联程航班；（7）有不少认识民航工作人员的旅客多方托人订座，只买一张票，其余也不取消；（8）有不少外商和外企驻京办事处往往为一个旅客订几天的座位，不要的座位也不取消；（9）因航班延误、取消造成旅游团旅客所订下一衔接航班座位出现虚耗。由于目前的售票制度是在班机起飞前24小时内清理航班。并将当日航班座位交机场处理。这样就可能产生旅客在购票时没买到机票，而在清理预订座位后或控制单上又有空余座位。这样对前三种情况，可在清理航班座位后公布空余的座位，对当天航班在飞机起飞前三小时以上，都可在市内售票处公布座位组织候补票。对早晨航班，可在该航班前一日晚上组织候补票。这样可以争取一定的因离机场较远，交通不便而放弃候补票的旅客。对后两种情况，只有在旅客登机前才能证实。所以这类候补票应在机场航班起飞前半小时内组织。这样可以组织更多的候补票，但应根据不同情况，采取不同的措施。

4. 灵活调整航班冬春与夏秋航班划分。西北、东北地区，冬季时长，其运输淡季可延长。华东、中南、西南地区冬季时间较短，淡季时间可短一些。广东、海南、福建等地受自然季节影响较小，可以不按自然季节来划分航班淡季和旺季，而是按客流规律来安排。

5. 飞机布局应尽量与客货市场需求相适应，不应把飞机放在客货较少的城市，避免因为调机而空载飞行。

（七）在购买、研制飞机时，要重视商载性能，以利提高载运率

由于旅客的流向流量与货邮流向的规律不同，客流双程载量较均衡，

而货流方向性很强。所以，把不同客货载量的飞机投入不同航线，其载运率完全不同。

从近年实际机型载运率与机型的性能关系可以看出，载运率的高低与机型的货舱吨位有较大关系，一些货舱吨位比重占机型商载总数较少的机型，因为其货舱吨位小，致使其货舱吨位利用率高，其载运率也较高。相反，一些客座率较高的机型却由于货舱吨位较大，而货舱吨位利用较少，其载运率相对要低。所以，民用飞机的设计，制造部门应该设计、制造不同装载能力的客机、货机和客货两用飞机，供民航运输部门根据不同航线的不同客货市场，选择不同客货商载比重的机型。

五、提高国际、地区航线载运率对策

1. 发展国际、国内航线联程运输，利用提供国内运输服务的优势，提高竞争能力。首先，在航班安排上，要做到国际、地区同国内航线的衔接。目前，我国对外开放的口岸机场较少，不可能有较多的城市对国外直接通航，而国际航线也有相当多的旅客是到沿海和内地各城市。所以，要安排好国际地区航线与沿海和内地城市的航线、班次、班期时刻等方面的衔接，方便国际旅客在国内口岸机场中转。其次，要逐步实行在国内主要城市，特别是外国旅客和“四种人”旅客发运量较大的城市之间计算机售票系统联网，并使上述城市与国际全部通航点之间联网。对乘坐我国民航国际航线的旅客，可以通过驻外办事处采用电脑订座或电传通信等方式向国内预订国内联程航班座位，解决为旅客提供国内联程和往返机票的问题，充分发挥国内整体市场优势，把对国内航线实行联程票作为国际航线对外竞争的重要措施。

2. 完善、深化驻外办事处管理体制改革。驻外办事处，是代表企业在国外的客货组织的商务机构，要建立经营承包责任制，完善考核、监督制度。对于两家以上企业共同经营的国际航线，要采取互相协调管理体制，在联合的基础上同外航开展竞争。

3. 国际航线扩大销售代理制。航空销售代理制，是在买方市场条件下，各航空公司为争取更多的旅客，而把旅客的组织委托旅行社等代理机构，并付一定比例的佣金，特别是国际回程客货，仅靠驻外办事处力量非常有限，而应扩大国际航线的代理业务。目前，由于计算机在航班订座管理中的运用，国际上有的国际航空公司为扩大其销售力量，而减少代理业务，以对付佣金的上涨。我们在世界代理业务下降的情况下扩大国际代理将对我有利。

4. 要与旅游部门协调配合，组织国外旅游者乘坐中国民航国际航班。目前，旅游部门只负责国际旅游者入境后国内航段的安排，不管旅游者是乘中国民航或外航航班入境。现有相当数量旅游者是乘外航班机来华。旅游部门组织旅客时，一般需提前几个月至一年把旅客来回程座位订好，来我国后再购票的不多。所以旅游旅客的市场是在国外。要加强同旅游部门合作，在国外开发旅游的市场。民航应提前一年以上把航班订下来，对客源较稳定的航班基本上不变。对客源变化大的要及时调整，以便旅游部门组织客源。旅游部门要经常向民航预报客源流向、流量变化，加强旅游的计划性，搞好民航与旅游的协调。

5. 实行保护政策，限制我国旅客乘外航班机，货邮交外航承运。为了维护我国国际航线的利益，应提出对策，同有关部门协商，采取行政干预的办法，控制我国旅客乘外航班机。同时，民航企业也要改进管理，改善服务，加强出国团体客源的组织工作。

6. 调整部分长期缺载航班班次。对由于客观原因造成长期缺载的国际航线，因为运力大大超过了市场要求，可采取中澳线的办法，实行联营，由两国航空企业轮换飞行班次，或减少班次，以避免缺载造成的浪费。有的航线在客货源不足时，可以保留权利，根据客货源变化调整航班。

7. 充分利用国际航线国内段。利用国际航线国内段，重点是指要搞好北京至上海、北京至大连的国内段利用。首先要抓好各航段之间座位利用的信息传递，特别是国际航线经上海的回程航班，各驻外办事处应在回程航班机票出售后，将上海至北京段的空余座位通知上海，以便上海组织旅客。要取得海关、边防等部门的支持，解决出境出关方面的问题。

8. 加强国际和地区航线的货运。随着我国对外开放的发展，我国与国际间的产品、人员、信息交流越来越多，对航空货运发展提出了较高的要求，为民航发展货运，利用空余吨位提供了有利的机会，同时对民航的国际货运管理，货运服务项目和服务质量也提出了新的要求。我们要重视国际航空货运，发展货运要以自己组织与代理相结合，发展货运代理，争取更多的货源。在客运航班上，要发展小件快运业务，送货上门，提高服务质量，扩大货源。

9. 实行合理超订办法。国际航线可以提前一年预订座位，加上办理出国手续等因素，很多预订座位落实不了。为提高客座利用率，应实行合理超订法。根据不同航线不同季节，确定不同的超订系数。为了解决因超订而发生的超售问题，应制定合理的赔偿方法。

10. 加强机场和航线运输统计工作，掌握好中外航线运量及市场占

有情况，以便及时采取对策。

附表1　　我国民航飞机载运率分析与对策简表

状况			原因	对策
载运率	客座利用率	国内	(1)售票管理不善	(1)航线联营；(2)完善代理制；(3)组织候补旅客；(4)合理超售机票；(5)加强座位控制
			(2)季节性	(1)实行淡季折扣；(2)分区调节班期的淡旺季划分；(3)实行灵活调整机票折扣率；(4)合理组织加班
			(3)单向性	(1)环形航线
		国际（地区）	(1)去程国内旅客乘外航飞机	(1)控制国内旅客乘外航飞机；(2)利用国内段
			(2)外国旅客组织竞争不过外航	(1)将销售由旅游企业代理；(2)折扣票价；(3)改进服务，提高竞争力
			(3)回程外办与公司权责利脱节	(1)将驻外办事处下放到企业管理，并进行经济考核；(2)利用国内段
	货舱利用率	国内	(1)收益分配制度不合理，积极性不高	(1)实行票证结算制；(2)经济责任制
			(2)没有全国货运网络，管理乱	(1)编制全国货运能力网络；改进收、发、装环节管理
			(3)流向流量不均衡 (4)货运价格太死	(1)发展邮件；(2)改革货运价格；发展货运代理，开辟货源
		国际（地区）	(1)航线布局不合理，中转货多 (2)货源组织差	(1)合理安排航线；(2)实行代理制，开展自办业务

中国民用航空运输社会效益测算报告*

一

航空运输的社会效益，可以根据国民经济有关部门使用航空运输实现其旅客和货物运输来完成生产活动所取得的成果来评价。

社会效益，包括对经济、政治、文化、军事等社会各领域中的效益。

航空运输社会效益具体体现在以下九个方面：

1. 促进国际旅游和国际交往的发展。航空运输的特点是快速，使过去采用地面运输方式需几天、几周、几个月运行时间，缩短为几小时、十几小时，从而促进了现代旅游和国际交往的发展。

2. 加速商品流通，促进商品经济发展。航空运输对商业的贡献，一是扩大了商品市场，由于航空运输速度快，使远距离商品交换变得容易，

---

* 该文是作者在中国民航局办公室工作期间所作，该论文主要内容原载于中国民航局主办《民航经济与技术》1990 年第 1 期，并作为个人研究成果申报，经过中国民航局科教司组织专家鉴定。文中美元与人民币汇率系当时汇率。

从而扩大了市场吸引半径；二是提高了商品流通效果，航空快速运输节约了运输时间，使从事商品交换人员在短时间内从一地到另一地进行市场调查，洽谈贸易更方便，使商品交换更容易成功。航空货运还使货物增值，并加速了流动资金周转。

3. 提高了国家行政管理效益。航空运输方便了地区间人员接触、加强了国家对地方的领导和监督，增强了国家的凝聚力，提高了政府人员工作效率。特别是在边远和少数民族地区修建机场，加强了各族人民的团结，有利于政治的安定和国家的统一。

4. 促使文化科技人员创造更多的文化知识和科学财富。我国幅员辽阔，各地经济、文化、技术水平发展不平衡。发达地区专家、教授从一地到另一地去考察、论证项目、开会、讲学，进行文化交流，如乘坐地面交通工具长途旅行，需大量的时间花费在往返路途上，而航空运输能为他们节省大量的旅途时间，减少疲劳，使他们有更多的时间和精力，创造更多的文化知识和科学财富。

5. 增强了国家战备运输保障能力。民航运输是国防的重要后备力量，飞机为国防、战备运输兵员、武器、给养等创造了便利、迅速的条件，增加了战备能力。这类效果不易以价值来计算。但是军队为进行日常工作而乘坐飞机旅行人员是可以计算。

6. 促进工农产品的开发和出口。航空运输能把产品迅速、及时地运达目的地销售。一些鲜活产品、时装和精密仪器采用航空运输能满足用户对时限的要求，其价格是其他运输方式条件下的几倍或十几倍。这种价格会大大刺激这类产品的生产，并带动相关产业的发展。

7. 促进邮政业务较快发展。用飞机运送邮件，大大加快了邮件运输的速度，使邮政业发展迅速。特别是利用航空运输的小件快运、特快专递等邮政业务有很大发展。

8. 改善了对外投资环境。在城市修建机场，创造了方便、快速的交通条件，有利于外商来考察、洽谈贸易并投资建厂。

9. 有利于国土节约和开发。修建机场，可比建设铁路、公路节省更多的耕地。如果在1000公里距离之间每日运送4800人，修建机场只需1000亩土地，而修建铁路占地45000亩，是修建机场的45倍。

二

在计算中由于有一些资料难以得到，为计算方便可行，对上述九个方面效益进行归类，并按国际、地区、国内航线旅客直接社会效益和货运直接效益，以及航空运输对国民经济间接社会效益分别计算。

航空运输的社会效益是通过发展航空运输给社会带来的实际成果和效益，包括直接效益和间接效益。航空运输直接社会效益是通过空运直接产生的效益。即旅客、货物通过航空运输达到位移产生的价值和由于航空运输节约的时间价值，以及节约成本的价值。航空运输间接效益主要是指航空运输为其他产业的发展创造了条件，从而使其他产业带来更大的效益。

（一）旅客直接社会效益

主要从旅客通过航空运输节约时间的价值来计算。旅客节约在途时间价值的计算，是以旅客乘飞机旅行比乘其他运输工具所节省时间可创造的价值来衡量的。

公式如下：

$$H=\sum_{i=1}^{n} N_i \times G_i(t_1-t_2) \qquad (i=1,\ 2,\ 3,\ \cdots\cdots n)$$

式中：

H——旅客节约在途时间的价值；

N_i——第 i 类旅客平均每人每小时创造的社会总产值；

C_i——第 i 类旅客运输量；

(t_1-t_2)——乘其他运输工具花费的时间 t_1 减去乘飞机花费的时间 t_2，表示乘飞机节约的时间。

1. 国际、地区航线旅客直接社会效益。

计算资料如下：

（1）国际、地区航线旅客分类见表 1：

表 1

单位：%

航线＼旅客构成	中国旅客	外国人及“四种人”	其中境外旅客中旅游比重
地区航线	9.2	90.8	35
国际航线	51.1	48.9	35

注：以上是根据 1990 年 7 月首都机场航线进出港对比统计资料，以及 1990 年 5 月、9 月份 32 条国际航线境外旅客中旅游团体的平均比重，进行测算而来的。

（2）各类旅客平均每人每小时创造的价值。见表 2：

表 2

项　目	计算单位	每人每小时创造的价值
中国人	元/人・小时	18
境外旅客	美元/人・小时	15

中国旅客每人每小时创造价值的确定，主要考虑以下因素：

①乘坐飞机的国内旅客70%以上是工业、商业等企业人员。同时，全国城市中，广州、北京、上海、桂林、西安、成都、厦门、沈阳、杭州、南京等市旅客吞量占全国的75%以上，为不使民航旅客创造价值失真。按以上对广东、北京、上海、四川、福建、辽宁、浙江、江苏的劳动生产率进行加权平均（桂林、西安主要是境外旅客，将在间接效果中反映）。1988年，以上8省市社会总产值合计为14014.91亿元，扣除农业部分，为11711.95亿元。同时上述地区职工总人数扣除从事农业的职工人数，合计为5063.1万人。1988年，以上8省市平均每人每年创造社会产值23132元/年·人，即9.4元/小时·人。

②国内乘坐飞机旅客绝大部分是企业、机关、事业单位的高级管理人员和科技工作者。根据体力劳动和脑力差别，简单劳动和复杂劳动的差别，这部分旅客创造的社会价值应高于社会平均水平。高多少？目前尚无统计，只能根据相关联因素，以系数来修正。经过采用影子价格进行测算，乘坐飞机的国内旅客人均创造社会产值是全国平均水平的2.5倍，即系数为2.5。所以乘飞机的旅客劳动生产率修正系数是2.5。即：乘飞机旅客的小时劳动生产率=平均劳动生产率×系数=9.4×2.5=23.5元/小时。

③境外旅客平均每日每小时创造的价值。根据境外旅客主要来源情况，美国、日本、中国台湾省平均每人就业者创造的GDP为31616美元。每周工作5天，一天8小时，则其劳动生产率为15.7美元/小时·人。

（3）空运比其他运输方式节省时间的情况。1988年国际航线旅客平均运程为4939公里，地区航线旅客平均运程为1079公里。以下是运输里程为4939公里和1079公里时各种交通运输所需时间比较（见表3）。

表3

航速 / 运输方式	航速（公里/小时）	国际航线所需运输时间（小时）	地区航线所需运输时间（小时）
空　运	850～900	5.6	1.23
海　运	25～27	190.0	41.5
铁　路	60～70	75	16.6

1988年国际航线旅客运输量为115万人，其中中国旅客为58.8万人，境外旅客为56.2万人。地区航线旅客运输量148万人，其中中国旅客14万，境外旅客134万人。

根据公式得出国际、地区航线旅客直接社会效益：

国际航线（与海运对比）：

中国旅客：H＝23.51（元）×58.8（万人）×184（小时）
＝25.4（亿元）

境外旅客：H＝15.7（美元）×56.2（万人）×184（小时）
＝16.2（亿美元）

其中旅游：H＝15.7（美元）×19.7（万人）×184（小时）
＝5.7（亿美元）

商务：H＝10.5（亿美元）

地区航线（与铁路对比）：

中国旅客：H＝23.5（元）×14（万人）×15.4（小时）
＝0.5（亿元）

境外旅客：H＝15.7（美元）×134（万人）×18.4（小时）
＝3.9（亿美元）

其中旅游：H = 15.7（美元）×46.9（万人）×18.4（小时）

= 1.35（亿美元）

商务：H = 2.55 亿美元

这里需说明的是，我国航空运输社会效益不包括境外旅客节约时间创造的价值，但由于航空节约了境外旅客时间，使其可创造更多的价值，从而提高了来我国的吸引力，产生了间接社会效益。

2. 国内航线旅客直接社会效益。

计算资料如下：

（1）国内航线旅客分类。见表4：

表4 （单位：%）

项　目	总计	国内旅客	境外旅客	境外旅客其中	
				商　务	旅　游
比　重	100	63.2	36.8	60	40

（根据1988年6月、10月份抽样调查平均数计算）

（2）各类旅客平均每人每小时创造价值同国际航线资料一样。

（3）空运比其他运输方式节省时间情况。1988年，国内航线旅客平均运程为1230公里，以下是按1230公里飞机与火车所需运输时间的比较。见表5：

表5

项　目	航速（公里/小时）	运输时间（小时）
空　运	850～900	1.4
铁　路	60～70	18.9

1988 年，国内航线共运输 1109 万人，其中国内旅客 701 万人，境外旅客 408 万人，境外旅客中旅游达 163 万人，商务达 245 万人。

根据公式得出国内航线旅客直接社会效益。

中国旅客：H＝23.5（元/小时·人）×701（万人）×18.9（小时）

＝31.1 亿元

境外旅客：H＝15.7×408×21＝13.5 亿美元

其中旅游：H＝15.7×163×21＝5.4 亿美元

商务：H＝15.7×245×21＝8.1 亿美元

所以，1988 年国际、地区、国内航线国内旅客可创造直接社会效益达 57 亿元，境外旅客可创 33.6 亿美元，其中旅游：12.5 亿美元，商务：21.1 亿美元。

3. 航空旅客运输成本评价。航空旅客运输成本，是旅客在旅途中所花的全部费用，包括票价、饮食等。航空旅客运输成本是以旅客乘飞机所花全部费用与乘其他运输工具所花全部费用之差来表示的。即：

$$E=\sum_{i=1}^{n} M_i(L_{空}C_{空}-L_{非空}C_{非空})\quad (i=1,2,3,\cdots\cdots n)$$

式中

E——旅客乘飞机比乘其他交通工具节省或多付出的费用。

M_i——第 i 类乘飞机的旅客人数；

C——旅客单位运输成本即客公里成本；

L——运输距离。

航空运输在长距离运输和地面交通不发达的边远地区有较大优势，运距越长，票价越低，相对节约的时间越多，运输总费用越小。同时因为它不受地形复杂等因素影响，一般都是直线飞行，大大缩短了运输距离，而复杂的地面运输要经过长距离的绕道，增加了运输距离。例如，从拉萨至成都，飞机只需时 2 小时 05 分，而乘汽车需 10 天左右，乘飞机的费用比乘汽车要少 40%。但在一般情况下，因为飞机运输成本高于其他运输方式，所以其票价也高于其他运输方式。

4. 航空旅客运输直接社会效益的综合评价。由于航空运输在各种运输方式中票价最高，旅客花费的成本一般也高，但同时其节约的时间价值也最高。所以，对航空运输社会效益的分析，必须综合分析运费与时间节约的价值。

（二）货物运输直接社会效益

航空货运直接经济效益的计算主要包括两方面：一是货物在地区之间位移的增值，二是飞机快速运送货物节省时间的价值。

1. 空运对产品增值效益。

$$E_1 = \sum_{i=1}^{n} Q_i \times (P_1 - P_2) \qquad (i=1,\ 2,\ 3,\ \cdots n)$$

2. 空运节省货运时间对加速流动资金周转的效益。

$$E_2 = \sum_{i=1}^{n} Q_i \times B_i(t_1 - t_2) \times I \qquad (i=1,\ 2,\ 3,\ \cdots n)$$

其中：

E——航空货运节省时间的价值；

Q_i——第 i 种货物的运输量；

B_i——第 i 种货物每吨的平均价格；

t_1-t_2——以其他运输方式花费的时间 t_1 减去飞机运输花费的时间 t_2，表示飞机节省的时间；

P_1-P_2——空运货物的单位重量地区差价 P_1 与非空运的单位货物重量地区差价 P_2 之差；

I——流动资金小时利率。

3. 国内航线货运直接社会效益。

计算资料如下：

（1）航空货物价值及增值评价。如表6：

表6

项　目	单位货物平均价格（万元）	空运货物的增值系数
国内货物	2.4	1.1

①航空货物品种很多，不同品种、不同规格、不同市场的价格都不同，为计算方便应确定所运货物平均价格。由于没有货物平均价格的统计资料，故采取其相关因素推算办法求得。即：

$$\text{空运每吨货物平均价格（万元/吨）} = \frac{\left(\begin{array}{c}\text{国内航线货运}\\\text{每公里费率}\\\text{（元/吨公里）}\end{array} \times \begin{array}{c}\text{国内航线}\\\text{货物周转量}\\\text{（万吨公里）}\end{array}\right) \div \begin{array}{c}\text{空运费用占该}\\\text{产品收入比例系数}\end{array}}{\text{国内航空货运量（万吨）}}$$

②国内航线货运每吨公里费率的确定。根据国内航线实际货运收入与国内航线实际货运周转量求得。1988年国内货运收入14828万元。同期货运周转量为17937万吨公里，则货运每吨公里实际费率为0.83元/吨公里。

③空运费用占其全部产品收入的比例系数的确定。因为国内航空货运主要是工业产品，该系数以运输业产值占工业产值来求得。1988年全国运输业产值占工业总产值4.55%。即系数为0.046。

1988年国内航空货物周转量为17638吨公里（扣除行李，以下均扣)，货运量为133239吨。根据上述公式计算，每吨货物的平均价格为24281元，即为2.4万元。

④空运货物增值的评价。航空货物主要有二种，一种是价值大，季节性强，采用空运使其增值很大；二是货物要求快速运送，以应急需，如不能快速运输，会带来损失。据测，空运货物中采用空运比选择其他运输方式可增加约10%的价值，增值系数为1.1。这一估测留有较大余地。

（2）空运比其他运输方式节省时间的确定。

1988年，国内航线货物平均运程为1324公里，以下是1324公里空运和铁路运输所需时间（见表7）。

表7

项　　目	航速（公里/小时）	所需运输时间（小时）
空　　运	850～900	1.5
铁　　路	30～40	37.8

（3）流动资金小时利率的确定。按社会折现率10%考虑，即10%/(365天×24小时)

根据上述公式得出国内航线货运直接社会效益：

$E_1 = 133239 \times (2.4 \times 1.1 - 2.4) = 3.2$ 亿元

$E_2 = 133239 \times (2.4 \times 44.1 - 1.5) \times 10\% / (365 \times 24)$

$= 158.7$ 万元

4. 国际航线货运直接社会效益。

计算资料如下：

（1）航空货物价值及增值评价（见表8）。

表 8

项目		各类货物所占比重（%）	货物单位重量价值（美元）	货物空运增值系数	1988 年货邮运输量（吨）	
					国际	地区
出口货物	普货	35	49000	1.15	7651	3086
	服装	45	6300	1.6	9837	3969
	鲜活水产品	20	3500	2	4372	1764
	小计	100			21860	8819
进口货物			49000	1.15	20000	8000
总计					41860	17637

①各类出口货物的比重。因为目前没有该项统计，是根据国际航空公司一线工作人员经验评估得来。

②各类货物单位平均价格。对普货采用对其相关联因素进行分析，以系数法来确定（公式同国内货物平均价格计算一样）；对服装、鲜活水产品采用调查及统计分析来确定。

③普货单位平均价格及增值系数：1988 年我国进出口贸易运输达 2 亿多吨，按我国运输企业占全部外贸产品运输比重的 55%（按规定）计算，我外贸运输企业共运输 1 亿多吨，价值 480 亿美元。同期运输企业货运收入为 16.53 亿美元。所以全国外贸运输价值占全部产品价值约 3.4%，即普货系数为 0.034。1988 年民航国际航线货运收入 37113 万元，周转量达 28049 万吨公里，货物每吨公里实际费率为 1.32 元/吨公里，货运量 59496 吨。根据公式计算，每吨货物平均价格为 18.3 万元，约 4.9 万美元。空运比其他运输可增值 15%，即系数为 1.15。

④服装单位平均价格及增值评价。1988 年全国出口服装 78300 万

件，价值271924万美元，每件3.5美元，毛制品、针织品1920万件，价值17389万美元，每件为9.1美元，平均6.3美元/件，平均1件约1公斤，共80.2万吨，1吨约6300美元。经空运的服装大多是时装，季节性很强，所以一般用空运比用海运可增值约60%左右，即系数为1.6。

⑤鲜活水产品平均价格及增值评价。1988年全国出口水产品2641212吨，价值93308万美元，每吨约3500美元。一般出口水产品中经空运的大多是鲜活水产品，比用非空运的产品价值高2倍左右。例如1987年，我国出口活鳗鱼比冻鱼价值高2倍多，活贝、鲜虾更高。所以增值系数为2。

⑥进口货物平均价值及空运增值按出口普货计算。

（2）空运比其他运输方式节省时间的确定。

1988年国际地区航线货物平均运程分别为6056公里和1323公里。以下是在上述平均运程下各种运输所需时间（见表9）。

表9

项　　目	航速（公里/小时）	国际航线（小时）	地区航线（小时）
空　　运	850～900	6.9	1.5
海　　运	25～27	233	50.9
铁　　路	30～40	202	44.1

（3）流动资金小时利率按国内货运资料确定。

根据公式分别得出国际航线和地区航线货运直接社会效益。

A. 国际航线。

①出口

$E_{1普货}=7651\times(4.9\times1.15-4.9)=5623$ 万美元 $=20919$ 万元

$E_{1服装}$ = 9837 × (0.63 × 1.6 − 0.6 3) = 3718 万美元 = 13832 万元

$E_{1鲜活水产}$ = 4372 × (3.5 × 2 − 3.5) = 15302 万美元 = 56923 万元

②进口

E_1 = 20000 × (4.9 × 1.15 − 4.9) = 14700 万美元 = 54684 万元

③E_2 = 41860 × (3.7 × 233 − 6.9) × 10% / (365 × 24) = 409 万美元

= 1520 万元

(每吨货平均价格是普货、服装、鲜水产品加权平均数)

B. 地区航线:

①出口

$E_{1普货}$ = 3086 × (4.9 × 1.15 − 4.9) = 2268 万美元 = 8437 万元

$E_{1服装}$ = 3969 × (0.63 × 1.6 − 0.63) = 1500 万美元 = 5581 万元

$E_{1鲜活水产}$ = 1760 × (3.5 × 2 − 3.5) = 6160 万美元 = 22915 万元

②进口

E_1 = 8000 × (4.9 × 1.15 − 4.9) = 5880 万美元 = 21873 万元

③E_2 = 17637 × 3.7 × (37.8 − 1.5) × 10% / (365 × 24) = 28 万美元

= 104 万元

国际地区航线货运社会效益 55503 万美元，折合人民币 20.6 亿元，其中因加速流动资金周转的效益 427 万美元，折合人民币 1588 万元。

国际、地区、国内航线航空货运社会效益总计达 24 亿元。

(三) 航空运输间接社会效益

航空运输的间接社会效益的计算可采取对所受益产业，如旅游业、工业、商业等部门分别计算其国民收入中应属于航空运输创造的那部分价值的份额。其计算公式：

$$S = \sum_{i=1}^{n} N_i \times a_i \quad (i = 1, 2, 3 \cdots\cdots n)$$

式中：

S——航空运输的间接社会效益；

N_i——受益于航空运输第 i 个部门的国民收入；

a_i——受益于航空运输的第 i 个部门的间接社会效益系数。

间接效益系数反映了旅游、工业、外贸等部门创造国民收入对航空运输的依赖程度和民用航空运输对促进这些部门创造效益的贡献程度。

在实际计算中，由于资料收集的困难，故按以下分类进行计算：

1. 航空运输的旅游社会效益。

计算资料：

（1）旅游收入的确定。1988 年全国旅游外汇收入为 224683 万美元，折合人民币 835820 万元。按 1988 年我国商业、服务业净产值占商业服务业产值比重约 60% 计算，全国旅游业净产值为 501492 万元。

（2）为旅游的间接社会效益系数的确定。1988 年民航提供旅游交通收入约 7.5 亿美元，即 27.9 亿元。航空为旅游服务的间接社会效益系数为 27.9/83.6 即 0.33。

根据公式得出航空为旅游服务的间接社会效益：

$S_{旅游} = 501492 \times 0.33 = 16.5$ 亿元

2. 航空运输对改善投资和引进外资环境的效益。

计算资料：

（1）利用外资额及创造净产值的确定。根据中国统计年鉴，1988 年我国实际利用外资（包括对外借款、外商直接投资及其他投资达 102.2

亿美元。按4个经济特区每百元固定资产实现利税30.27元计算，102.2亿美元可创净产值30.9亿美元，折合人民币115亿元。

（2）间接社会效益系数的确定。1988年民航运输境外旅客的收入为7.5亿美元，扣除旅游团体旅客，以商务为主的运输境外旅客收入为4.5亿美元，系数为4.5亿美元/102.2亿美元，即为0.044。

根据公式，得出航空运输对改善投资环境，吸引外资的间接社会效益。

$S_{改善投资环境} = 115 \times 0.044 = 5.1$ 亿元。

3. 航空运输为工业、商业及国家行政管理的效益。

计算资料：

（1）工业、商业净产值及总产值的确定。根据统计年鉴，1988年我国工业和商业的净产值为6731亿元，工业、商业产值为20185亿元。

（2）间接社会效益的确定。1988年民航业务收入56.7亿元，扣除对境外旅客的运输收入，中国公民旅客业务收入约为40亿。系数为40亿元/20185亿元，即为0.002。

根据公式，得出航空运输为工业、商业、国家行政管理、文教事业方面服务的间接社会效益。

$S_{工、商、行政事业效益} = 6731 \times 0.002 = 13.5$ 亿元

航空运输对旅游、改善投资环境及工业、商业、行政事业的总间接社会效益为35.1亿元。

航空总社会效益为116亿元。境外旅客由于节约时间可创价值33.6亿美元（这部分不计入我国航空社会效益，因为不属我国民经济的收入）。

1988 年，我国民航实现利润 15. 1 亿元。航空运输总效益为社会效益与民航自身效益之和，即为 131. 1 亿元（不含地方航空公司）。

三

1986 年、1987 年、1988 年民航利用国家预算内投资、国内贷款、国外贷款、自筹资金等渠道进行固定资产投资，三年总投资 32. 4 亿元，平均每年投资 10. 8 亿元。航空运输总效益 131. 1 亿元，投入产出比为 1∶12. 1，即给民航投资 1 元，可产生 12. 1 元的社会效益，这还不包括民航建设节约土地效益、解决社会劳动力的效益、外国商社及企业纳税效益等。而民航自身投入产出比为 1∶1. 4。所以，航空运输社会效益远远大于其自身效益。特别是旅游、引进外资改善投资环境等方面，民航为这些部门创造间接社会效益较高，企业管理人员乘坐飞机比例很大，这说明这些部门的发展在很大程度上依赖于航空运输的发展。

国有企业股份制改革有关问题探索*

——关于江苏省现代企业制度试点情况的调查报告

1996年7月，我们到江苏省进行了国有企业股份制改革的调研，现结合江苏省现代企业试点情况，对我国国有企业股份制改革及发展有关问题进行研讨。

一、试点的主要情况和特点

1. 江苏省企业改制试点的目标是，到1998年底前全省国有大中型骨干企业初步建立现代企业制度。目前全省共有试点企业312家，其中国家级4家，省级127家，市级181家。试点工作主要围绕增资减债、结构调整、兼并联合、分流富余人员、分离办社会职能、强化管理和政企分开等方面展开的，一些难点问题取得了一定进展。据省级试点企业中的115家市属企业统计，1995年与1994年相比，资产总值由315.2亿元增长到368.9亿元，增长14.5%，资产负债率由64.2%降为63.3%，试点企业已分流富余人员1.67万人，分离企业办社会职能单位86个，

---

* 该文作者在国务院办公厅秘书二局工作期间在机关党校学习时的调研报告，原载于国务院办公厅机关党委《机关学习通讯》1996年第5期。

通过公司改制，吸收社会资本 10 亿多元。

2. 在具体实施中全省各地都根据当地的情况，找准突破口，带动企业改制试点的全面工作，并形成了不同的特点。如：

苏州市以上海为龙头，作为上海区域经济的组成部分，制定本市到 2000 年达到现代化发展的目标，对全市工业结构进行大跨度的调整，以实现形成 6 大支柱产业、50 家大型集团和一体两翼（以老区为中心，开发区和工业园区为两翼）的格局。扬州市着力于发展规模经济，把改制与国有资产的调整、重组结合起来，通过兼并改组，实现“聚合”，从而优化了资源配置，在改制中救活了一批企业，壮大了集团企业的力量。

3. 江苏省改制成功的企业尽管各具特色，但都有一些共同的特征：(1) 产权比较清晰，并建立了以股份制或有限责任制公司为核心企业的集团，为兼并联合、盘活存量资产、优化资产结构、发展规模经济打下了基础。(2) 法人治理结构和企业用人机制比较合理，职责分明。(3) 管理科学，十分重视成本管理。(4) 企业办社会的职能基本分离。(5) 有好的品牌，而且新产品开发能力强，销售和服务网络健全。(6) 资产负债率合理，经济效益高，发展有后劲。

二、试点工作中的困难和问题

1. 企业富余人员难分流。据试点企业反映，每家企业富余人员为 10% 至 20%，有的更高，劳动部门无法安置，绝大多数富余人员需要企业通过退休退养、鼓励自谋职业、发展第三产业、下岗待岗、清退计划外用工等办法来解决。但上述措施也存在一些问题，如自谋职业，能走的都是技术骨干，留下的是素质差的，等等。

2. 企业办社会职能难分离。对企业内部的后勤保障部门，如生活服务、维修、运输等部门，可以实行单独核算、自计盈亏、定额补贴、承包经营的办法，对内实行有偿服务，对外开拓经营，分而不离。但对企业办的幼儿园、学校、卫生所及离退休人员管理向社会移交问题则存在不同程度的困难。

3. 债务负担难减轻。1995 年江苏省 1574 家大中型国有企业平均负债率为 73.98%，流动资金负债率在 100% 以上。虽然通过将原协作单位的债务转为股权，把“拨改贷”转为国家资本金等项措施，使企业债务有所降低。但是企业债务的 70% ~ 80% 是银行债务，这部分债务不可能核减。

4. 多元化投资主体难实现。改制试点企业目前很难选择合作伙伴，许多企业采取两种办法来处理：一是企业之间按等额互相参股，但是互不参与对方的管理。二是大部分企业以本企业的工会牵头成立职工持股会，作为社团法人来向企业投资。但因试点企业的平均利润率只有 3% 至 5%，大大低于银行存款的利息，职工入股后钱又不能拿出来，所以大多数职工不愿意入股。

5. 资本结构优化难实施。改制试点企业，必然要进行存量资产的调整，使之达到优化。而这些工作往往通过技术改造来实施。但搞技术改造往往是“早搞早死，不搞等死”。原因主要有两点：（1）搞技改周期长。一个项目从提出、论证、审批、建设到投产，一般需要 3 ~ 5 年的时间，即使提出时是个好项目，到建成时市场需求也早已变化，加上国际市场的冲击，产品投产后可能就会积压。（2）建设资金难落实。现在建设费用基本上是每年增长10%以上，原来的预算往往不够，为了把项目建成就要增加银行贷款，有的把企业所有的资金都用上，包括流动资金，结果是“满债而归”。一些原来效益好的企业往往因技改失误而被拖垮。此外，企业对市场需求预测不准，大量引进国外淘汰的旧设备等也是企业技改失败的重要原因。

6. 产权关系难理顺。主要存在两个问题：（1）国有资产管理、监督运行机制不健全，在这种情况下，各个部门都可以管企业，但是谁也不对资产的保值增值负责，造成国有资产的大量流失。（2）在国有企业，一方面没有规定国有资产所有者的具体人格化的代表，而实际上一些企业的董事长既是国家资本出资人的代表，也是企业法人代表，又是经营者的代表，所有权与经营权理论上分开而实际上是一体的。

7. 部分试点企业法人治理结构的组建与运作不规范，不能严格按照公司法的规定办理。一些企业董事长、总经理没有分设，董事长与经理班子基本上是重合的，使董事会成为空架子。有的用党政联席会议代替董事会议。多数公司的经理还未能由董事会聘任，同过去一样由组织部门和政府有关部门考核、批准、任免，造成了董事长与总经理之间的矛盾。

8. 企业的社会负担大。实行现代企业制度，要求相应建立社会保障制度，但建立社会保障制度，包括医疗、失业、养老等改革的大部分成本需要企业承担（在这方面支出约为企业工资成本的一半以上），加上企业还承担了其他方面的改革的成本，企业负担的改革成本与工资成本大体相当。

三、对进一步搞好现代企业制度试点工作的思考与建议

1. 充分认识社会主义市场经济的内涵。在市场经济条件下，市场对资源的配置起基础性作用，谁能满足社会需求，提供物美价廉的商品和服务，谁就最有竞争力，也就可以支配大量的资源。目前，企业的经营成本、利润及资金筹措都是由市场来配置的，企业要提高经济效益，就必须研究分析市场成本、市场利润和资金，按照市场规律的要求来建立企业内部机制，优化资产的结构，安排人员的配置，科学管理成本和质量，开拓营销渠道等，才能在市场竞争中生存和发展。

2. 按照社会化大生产的要求，通过市场机制，合理配置企业结构和规模结构，为现代企业制度创造良好的宏观环境。目前，在有些行业，什么产品短缺好销大家就都去上项目、建厂房，形成比需求大得多的社会生产能力和许多大小不一的同类型企业，造成大小企业之间的恶性竞争和生产能力的巨大浪费，也最终使企业陷入困境。所以，应当根据大中小型企业各自不同的特点，按照社会化分工协作的规律，通过兼并、改组理顺大中小企业的结构关系，发挥各自的优势，将过去的恶性竞争，转变为社会化大生产协作。小企业除生产一些小、散及市场需求变化快的商品外，主要为大企业生产协作产品，从而形成产品生产规模化、专业化格局。这样，（1）可以降低社会生产成本，提高社会劳动生产率；（2）有利于市场经济的健康发展，形成大企业之间、小企业之间的高层次的竞争；（3）有利于提高产品质量，促进产品更新换代。日本制造业中60%的中小企业同大企业有承包关系，这些承包企业的经营方向和生

产，完全视大企业的动向而转移。

3. 多渠道降低国有企业的资产负债率，使企业在改制中走上良性循环的发展路子。据分析，企业资产负债率为50%~60%是合理的，这种企业实力强、效益好，有自我发展能力；企业资产负债率为70%左右，其生产经营基本正常，实力较强，效益一般，处于微利水平；资产负债率75%是警戒线，这时企业经营困难，可能已发生潜亏，超过75%的将会亏损。目前我国国有企业平均负债率超过了75%，已经成为束缚国有经济发展的最重要因素之一。

为降低国有资产负债率，国家已采取了鼓励企业兼并，对被兼并企业的部分债务实行免息、停息和推迟偿还本金；把相当一部分“拨改贷”形成的企业债务转为国家投资；冲销破产企业的债务等有效政策。但是，由于目前国有企业债务的70%~80%是银行贷款，而银行的资金主要是居民储蓄存款和单位存款，这些钱银行是要偿还的，所以，要求银行大量地停息、免还贷款本金是不可行的。

降低国有资产负债率应拓宽思路，不能完全依靠政府，要调动社会的力量，采取多种途径来解决，但关键还是企业自身要提高经济效益，搞活资本经营。企业要通过增提固定资产折旧、加强资金管理、降低成本等措施，提高资金使用效率，改善企业的资金运营状况，使资产负债率结构趋向合理。此外，还可以通过以下方式，探索降低资产负债率的途径：（1）成立各种形式的基金投资公司，作为中介机构，主要吸收居民手中的资金，向改制企业投资；（2）实行股份制，并上市融资；（3）对集团所属子公司实行中外合资，或引入战略投资者；（4）盘活土地和存量资产，优化资本结构。如无锡橡胶厂卖了一部分城里的厂房，不仅归还了银行贷款，而且结合搬迁进行技术改造，在市郊建设了新厂房；（5）继续降低银行存贷款利率。

4. 依法规范法人治理结构，建立有效的企业经营者责任制。

（1）要依法明确界定董事会、监事会、董事长和经理的职责权限，使其正确定位，重点解决董事会成员与经理成员、原企业领导班子之间高度重合的问题，逐步实行董事长与总经理分设。

（2）要探索建立企业经营者的经营责任制。无锡市在抓企业经营者工作中，制定了企业经营者经营责任业绩考核办法，取得了较好的效果。责任指标体系由资产保值增值和二项资金（产成品存货和应收中长账所占用的资金）组成。规定经营者年收入由年薪工资、风险工资和重点目标责任奖励三项之和构成。风险考核方面，企业未完成经批准认可的资产增值目标，按不同程度减扣风险金；目标值下降幅度超过20%的，风险金本息全部扣除。

（3）要建立规范的企业法人治理结构。公司制是目前企业治理结构的最高形式，但仍然需要进一步完善，这点即便是对发达国家而言也是如此，我国更是这样。在我国国有公司和企业中，需要进一步明确董事长与董事会、董事长与总经理、董事会与监事会，以及内部监督与外部监督、市场监督与政府监督的关系，特别要明确国有企业董事长和总经理的产生程序问题，这是完善法人治理结构的关键。董事长实际上是国有资产的出资代表，应由组织部门考核，政府任命。对总经理的考核和推荐工作由组织部门和政府有关部门负责，但是否聘任、任命应由企业董事会自主决定。在国有独资或控股公司的董事长是由政府部门人员兼任等特殊情况下，其法人代表应是总经理。

5. 明确产权关系，建立科学的国有资产管理、监督和营运体系，多途径构造国有资产营运主体。集体企业和个体企业，特别是个体企业，产权是明晰的，经营者知道是为谁干，该使多大劲干，这是因为其所有权和经营权是一体的。而国有企业的所有权与经营权是分离的，所以必须在国家和企业之间构建有效的、权责分明的管理、监督体系，才能保证国有资产有效运行。

构造国有资产的管理、监督体系，关键是政企分开。作为政府机构的职能部门对国有企业的管理与监督具有两方面的内容：一是作为国家政府部门行使对企业（包括集体、个体和其他企业）的管理职能，即依据一定的法律和行政法规来管理、监督企业是否合法生产、经营、纳税等；二是对国有企业行使国家股股东的权利。在现代企业制度中，国家股的股东权利是通过董事长（国家出资的代表）来行使，所以必须对董事会特别是董事长和董事会主要成员行使股东权利的行为及其责任进行管理、监督，从而达到对企业的管理和监督。但是不能直接干预经营者（总经理）的经营权。

构造什么样的国有资产营运主体（企业），有两种模式：一是授权企业集团、投资公司，具体代表国家行使营运国有资产的职能；二是把具备条件的政府专业经济部门改组为控股公司，使其在搞活国有资本方面获得相应的权利并承担全面的责任。目前江苏省的做法是原则上以授权给集团为主，不授权给产业部门，主要原因是担心产业部门成为翻牌公司，更是政企不分。苏州市采取两种办法：对大型企业集团直接授权；而对小、散企业和行业性强的企业，如机械企业，则成立控股公司，以盘活存量资产，优化资本结构。到底什么模式合理，尚需实践一段时间才能看得出来。

6. 实行科学管理，提高企业素质。要总结我国好的企业管理方法，借鉴国外一切好的科学管理经验，不断提高企业管理水平。我们认为，一个企业、一个产品都有末日，但是市场是没有末日的，企业要不断地适应、引导市场，末日才不会到来。企业管理的核心就是以用户的需求为目标，按照产品 + 市场 = 商品，商品 + 用户 = 资金收益，用户 + 使用 = 产品最终完成，这样一种思路，来组织管理。(1) 抓产品档次和新产品开发能力，实现高技术含量、高附加值、高效益产品。(2) 抓质量成本。从产品设计、原材料采购、生产装配、产品检测直至售后服务，进行严格的控制。(3) 抓规模效益，提高产品的市场占有率。(4) 抓销售网络和售后服务，对产品实行信用证制度。(5) 建立快速、灵敏、高效并适应市场的企业运行机制，机构设置轻盈化。

合理确定重点开发区域和产业 实现西藏经济跨越式发展*

目前，西藏与全国相比，经济、社会发展水平差距很大，在这种条件下我们实施西部大开发，必须选择跨越式发展方式，才能使西藏与全国一道步入现代化。在实施西部大开发中，区域经济布局和产业结构决定着经济增长方式、速度和效果。所以，我们要从实际出发，合理地选择一些西藏开发的重点，这些重点是：即开发一个经济带，发展两个重点区域，建设三个经济大通道，并发展具有优势资源的优势产业。

一、开发川藏公路经济带

（一）川藏公路经济带的形成及原因

西藏经济格局基本上是呈带状形的，即沿雅鲁藏布江和川藏公路及

---

* 该文系作者在1998年7月至2001年8月在西藏自治区人民政府援藏担任副秘书长期间撰写的研究报告，原载于西藏自治区人民政府主办《调查与研究》2000年第3期。

其附近延伸线，分布了5个地市所在地的重要城市。这一沿线，由西向东有日喀则—拉萨—山南（泽当镇）—林芝（八一镇）—昌都等城市，呈点轴开发状。

川藏公路经济带形成的主要原因，一是上述地区自然条件相对较好，处雅鲁藏布江、年楚河、拉萨河、泥洋河等江河的冲积平原，水源丰富，海拔相对较低。二是西藏与四川经济联系密切。成都是我国西南经济中心，又是西藏的大后方、中转站，两地自然条件差异很大，经济互补性强，经济贸易、人员往来十分密切。三是交通比较方便，有川藏公路，还有进出西藏的空中通道拉萨—成都、昌都—成都航线。

（二）川藏公路经济带开发条件已经成熟

川藏公路经济带5个地区是西藏经济发达地带。以1998年统计，上述地区的人口占西藏总人口的82.8%，国内生产总值占89.8%，农业总产值占87.5%，工业总产值占92.3%，工业企业数量占89%，国土面积占38.9%。目前，川藏公路沿线的城市建设已初具规模；农业通过一江两河开发，已基本建立了农业基地；矿产资源丰富，有铬、铜、硼、金等西藏优势矿藏，并已经形成了一定的开采能力；覆盖拉萨、日喀则、山南、林芝地区的藏中电网形成了较大发电能力；交通除川藏公路外，还有拉萨贡嘎、日喀则和平、昌都邦达三个机场。此外，沿线有世界级的旅游资源，以布达拉宫、大昭寺、扎什伦布寺、萨迦寺为代表的藏传佛教寺庙，珠穆朗玛峰登山旅游，雅鲁藏布江大峡谷科考探险旅游，林芝地区高原自然风光旅游；沿线还有可建世界上最大水电站的水力资源。

（三）如何开发建设川藏公路经济带

川藏公路经济带开发的目标是：使该地带生态环境优良；各地区之间分工协作，优势互补，区域经济功能增强；产业结构得到优化；基础设施得到改善；逐步建立资源合理开发，并通过资源适度深加工，实现产品增值的生产模式；使全区人民生活水平得到提高，社会稳定进步。

主要措施是：

1. 建设川藏公路经济带的自然生态保护区。重点是实施雅鲁藏布江流域、昌都“三江流域”、长江上游生态保护整治工程。一要因地制宜，合理规划、布局，科学保护天然林，重点加强防护林、经济林及草场的建设。二要依靠科学技术，实施种子工程，培育适应不同气候带生长的树木和草，积极进行人工种植，大范围开展飞机播种植树种草。

2. 发挥区域比较优势，合理调整产业结构。农业要以市场为导向，以增加农牧民收入为目的，大力调整农业内部结构。粮食主产区要稳定种植面积，提高单产，各地大力发展适合本地的经济作物；牧业要按草场承载能力的中限，科学确定放牧数量，进行科学饲养，大力发展附加值高的禽畜养殖业；积极发展乡镇企业，进行农产品深加工，实现农产品转化增值。

工业要走优势资源开发——深度加工的生产模式，包括利用水资源，生物、植物资源、矿产资源等，扩大已经形成的拳头产品生产规模，大力发展高附加值的新产业。

要大力发展以旅游为龙头的第三产业，一要合理规划建设旅游景点，景点设施要突出民族风格，并做到多样化；二要建设旅游线路，并与周边省区及国家和地区形成互相补充、互惠互利的旅游网络；三要积极发展为生产、生活服务的交通、信息、金融、保险、房地产、咨询业以及为提高科学文化和居民素质的服务业。

3. 努力抓好基础设施建设。要想方设法，尽早完成川藏公路改造，提高全线等级。加快拉萨贡嘎、日喀则和平、昌都邦达机场的扩建、改造，新建林芝机场。建立以拉萨为中心的区内航空网。要加紧藏中电网和昌都电网建设，大力发展通信事业。

二、重点发展拉萨和林芝两个地区

（一）为什么要重点开发拉萨—林芝

区域经济发展的理论与实践证明，在地区经济发展过程中，经济快速增长不会同时出现在所有地区，而是首先在少数区位条件优越的地方成为经济中心，形成增长极，而增长极的形成有赖于具有创新能力的企业群，这个地区能够集中相当规模的资本、技术、人才，从而形成规模经济的动力。并且，在这一地区基础设施完善，交通、能源、通信、金融等行业发展有一定的基础。

西藏整体上自然条件很差，特别是高寒缺氧，严重影响了人的劳动效能，限制了人才、资金和技术的引进，但是区内各地自然条件差异也很大。我们要选择有区位优势、自然条件较好的地区，加以重点开发，形成经济增长的中心或增长极，并通过极化效应和扩散效应，从而带动全区经济的发展。拉萨是西藏的政治、文化、经济中心，基础设施比较完善，而林芝自然条件较好，气候宜人，氧气较充足，生物资源丰富，两地经济互补性强，各有明显优势。将两地结合，扬长避短，发挥各自优势，能够集中内地和国外的资本、技术、人才，形成经济增长中心。所以，拉萨和林芝是西藏优先发展，重点开发的地区，使西藏经济发展态势呈现突出中央，带动东西两厢，辐射全区的格局。

（二）重点建设拉萨，强化拉萨中心城市辐射作用

拉萨是自治区首府，是川藏、青藏、中尼公路的交汇点和起终点，也是西藏航空枢纽；拉萨又是西藏科教、文化中心，有一定技术力量和人才；拉萨还是全区的金融、信息中心，服务设施较完善。要充分发挥拉萨的交通、金融、信息、文化、技术以及原材料、产品集散贸易中心的作用。所以，拉萨的产业选择是利用优势资源、大力发展旅游业、国内外贸易、交通运输、电力、信息产业、金融、保险等。对已经形成的优势产业，如藏药、啤酒、矿泉水、牦牛育肥、牛羊肉类加工，要规模化经营，向内地、南亚扩大市场；对建材、采矿业要适度发展，但特别要注意解决环境污染问题。

（三）设立林芝经济技术开发区

设立林芝经济技术开发区主要目的是，在西藏这一自然条件差的地区划出一块自然条件相对较好的土地，以更优惠政策、更好的投资环境来吸引全国以及国外的资本、技术和人才，利用西藏的优势资源进行产品深加工，形成有西藏特色，有市场需求、高技术含量、高附加值的产品生产基地。

林芝产业发展要以优势资源为基础，以技术、人才为依托，积极与内地合作，共同开发、共同受益，不重复走其他地区走过的粗放式发展过程，而直接走技术先进、原材料消耗少、产品质量高、经济效益好的集约化内涵型发展模式。

林芝地区重点发展的产业有：1. 高原生物工程产业。要充分利用林芝丰富的生物资源和基因库的优势，发展生物制药、生物食品。生物制药要采用现代科学生产方式，以打入全国和全世界卫生药品市场为目标，获取巨大经济效益。2. 旅游业。重点发展度假、疗养、民俗、风光、探险、科考等旅游项目，建立各类旅游基地。3. 毛纺业。西藏是全国牦牛、藏羊生产基地，羊毛、牦牛绒和藏羊绒资源丰富，要通过与东部企业联合，对八一毛纺厂进行改造、改制，使毛纺业成为西藏的特色产业。4. 森林工业。林芝地区森林覆盖率高达46.9%，木材蓄积量为8.82亿立方米，树木品质优良。森林工业要合理控制采伐量，采育结合，通过与东部企业合作，向深加工方向发展。5. 高原经济作物种植、动物养殖业。林芝地区面积大，约11.7万平方公里，可以大力发展多种经营。目前林芝有茶叶、烟叶种植，但还有许多更加珍贵的资源没有挖掘。如果能大力发展食用、药用野生动植物种养生产，经济效益巨大。西藏农牧学院地处林芝，应发挥学校的教学、科研作用，建立野生生物资源的采集、驯养，人工培养、加工、储运基地，形成产业。

建设林芝经济技术开发区，要分两步走，先由自治区政府审批设立省级开发区，条件成熟后升为国家级开发区。建立初期就要与发达地区的经济特区、经济技术开发区、高新技术开发区以及有实力的大专院校、科研机构建立密切合作关系。

三、建设川藏、青藏、中尼经济大通道

（一）建设经济大通道的必要性

制约西藏经济发展的重要因素是：自然环境差、人口文化水平低、基础设施落后。而其中最重要的因素就是交通。西藏没有铁路和水运，航空运输很弱，交通以公路为主，而西藏公路不仅等级低、运距长，而且病害多。大量的等外级公路造成旅客、货物运输不仅时间长、服务质量差，而且运输费用高，限制了区内人员、物资与发达地区的流动和交换。致使区内丰富的资源得不到有效开发，市场容量得不到扩展，市场体系不健全、发育程度低。工农业生产处于封闭、半封闭状态。要改变西藏经济落后面貌，就必须建立若干个经济大通道。

（二）建设川藏经济大通道

该通道是以公路和航空发展为基础，首先要加快川藏公路改造工程，随着区内机场建设的发展，逐步扩大和开辟拉萨、昌都、林芝、日喀则等地至成都、重庆、昆明等西南地区的航线。二是要建立通往西南地区的商品流通渠道，在拉萨、林芝、昌都建立分级的商品交易市场，打开西藏通往西南和我国南方地区的商品市场，增加与西南及南方发达地区的经贸往来。三是要沿川藏公路线大力发展城镇建设，地市所在城市要大力发展加工产业、带动周边地区经济发展。四是要借助成都、重庆等地的教育、科技、人才优势，在成都或重庆，与当地合作建设西藏城，

兴办各类优势产业的企业，享受西藏企业特殊优惠政策。

（三）建设青藏经济大通道

该通道以公路、铁路、航空为依托。一是要改造青藏公路，加快修建进藏铁路，开辟拉萨至格尔木航线，扩大至西宁、西安航线业务。二是要以拉萨为中心，连接那曲，建立通往西北的商品流通渠道，打开通往西北和我国北方地区的市场，加强与西北地区经济往来。三是要在公路、铁路沿线及附近，选择自然条件好、有资源开发前景的地区建设小城镇。

（四）建设中尼经济大通道

中尼经济大通道，要以中尼公路为骨架，首先改造中尼公路，提高通往樟木口岸的公路等级，提高通行能力。但鉴于樟木口岸地域狭小，发展空间有限，要积极地把条件较好的吉隆作为国家一级口岸对外开放，并以口岸为依托，将吉隆发展成为对外商贸口岸城市，把中尼公路建设成为我国通往南亚的陆路大通道，不仅使西藏的产品通往南亚，还要使西南、西北其他地区产品通往南亚。要以东部企业联合的方式，积极到尼泊尔投资办厂，走内联外挤型道路，扩大西藏的经济空间。

四、西藏实施大开发的有关措施

实施西部大开发，关键是要解决资金、人才和技术问题。西部大开发给西藏发展带来了新的发展机遇，但这个机遇同过去中央和兄弟省市援助不同，西部大开发是在充分发挥市场在资源配置中的主导作用下，通过竞争机制调节来实施的。在此条件下，西藏经济增长的外部作用力，将由援助型转为联合开发、互惠互利为主，援助为辅，而后者一旦实现，增长后劲更大。因为，这种情况下，西藏有中央实施西部大开发投资、中央各部门和有关省市的援助、东部企业和境外企业投资三个资金渠道。我们一定要进一步解放思想，找准优势，创造条件，才能抓住机遇，实现大发展。

（一）充分利用国家对西部大开发的历史性投资机遇

西藏生态环境和基础设施建设欠账很多，而这两个方面正是国家实施西部大开发的重点。我们要积极努力，按照国家对西部大开发的规划、要求，切实加强生态环境的整治和基础设施建设，并力争把这两方面建设纳入国家投资计划，争取由国家来投资。我们一定要按照国家的总体部署，加强领导，积极组织实施，千万不能因项目前期准备不充分而失去机遇。

（二）改进和发展中央部门和兄弟省市援藏方式

中央实行对口支援西藏，是西藏经济增长的重要力量，今后要进一步探索与对口援助部门和地区进行共同开发、互惠互利、合资办企业的新方式，要积极地采用股份制形式改造现有企业、兴办新企业。这种合作的支援，不仅会使支援变得更长久，而且可以获得比单纯支援下资金、技术、人才的数倍效应。

（三）加大改革开放力度，积极引进国内外企业投资办厂

国内外企业到西藏投资办厂，将不仅带来资金，更重要的是会带来人才、技术、管理和观念，有利于全面提高区内企业的素质，生产高附加值、高技术含量的产品，并可以借助投资母公司的力量打开国内外市场。为此，我们首先要更新观念，加快改革步伐，提高对外开放的层次，研究适应新形势的新思路、新办法、新机制，从改革中探索新的发展机制，从开放中取得更多的资金、技术和人才。其次，要创造良好的“软环境”，采取对投资者最优惠政策。要建立完善的经济法律体系，严肃公正执法，这是投资环境良好的重要标志。要进一步建立对内开放的政策体系，特别是对区外投资者的税收、贷款，要与区内企业一视同仁，或采取更优惠措施。另外要建立完善社会服务体系，服务质量好坏、行政执法办事效率是构成投资环境的重要因素。最后，我们要拿出一批技术含量高、附加值高的好项目，吸引外地企业共同开发。

（四）完善西藏社会主义市场经济体制

西藏处于社会主义初级阶段的低层次，市场经济体制还很不完善，应当加快社会主义市场经济体制建设，完善市场体系，特别是要完善商品市场、金融市场、劳动力市场、技术市场、信息市场、房地产市场等。在经济活动中要充分发挥市场在资源配置中的基础作用。目前，在西部大开发中要用市场经济规律，以规模效益优先原则，分期逐步建设项目，但不能为上项目而上项目，要选择有市场需求、有开发条件、投资省、运营效果好的项目，不能为一时上项目而背上亏损包袱。只有这样，才

能在西部大开发中扎扎实实地实现西藏经济持续、快速、健康地发展。

（五）大力发展科技教育，加速人才培养

西藏社会经济发展相对落后，有很深的社会、自然、经济、政治、文化原因。总体上说，西藏是由农奴制社会直接进入社会主义形态，经济长期处于自然经济状态中，这种社会经济形态的结果造成了劳动力素质低，人才缺乏。而目前劳动力素质低又制约了今天的经济发展。西部大开发，实际上是资源与人才的使用和开发。所以，西藏要采取特殊政策和行之有效的办法，进一步改进区内办学条件，提高教育质量，适当增加一部分大专院校，并可以适当招收内地学生。同时，要充分利用中央及各省市对口支援政策，扩大西藏与内地的人才对口挂职数量，扩大大中小学生到内地培养的数量。要通过科技的力量，把各种优势资源转化为优势产品，积极引进国内外先进技术，加快推广科技成果的应用。

新型工业化道路与发展主导产业*

一、主导产业的发展是加快工业化进程的主要动力

在产业结构的演进中，主导产业的发展不仅可以扩大消费和投资，而且能够促进产业结构调整和升级，从而加快工业化进程。

1. 主导产业是在工业化不同阶段上出现的一些影响全局并在国民经济中占主导地位的产业。由于主导产业的产品需求收入弹性和价格弹性很大，所以往往是社会消费的重点和热点，并且具有很大的消费空间和产业发展潜力，成为拉动经济增长的重要领域。

2. 主导产业关联效应很大，产业链长，其增长可以带动一系列相关产业的投资和发展，而对主导产业的投资又产生乘数效应，带动包括民间资本的社会资本投资于主导产业和相关产业，成为投资拉动经济增长的重要因素。

---

* 本文是作者在国务院办公厅秘书二局工作期间所作，原载于《当代财经》2003 年第 6 期，2005 年 12 月在中国世贸国际论坛 2005 年会议暨首届中国培育和提升产业国际竞争力峰会上被评为优秀论文一等奖，并被收录入《专家报告》作大会交流。

3. 主导产业一般都是随着经济资源利用水平和技术进步不断突破原有的界限而发展起来的。在经济系统中往往表现出巨大的持续创新的能力。主导产业的发展可以带动形成产业群，随着产业集群的发展，这些产业在GDP的比重也就越来越大，这使原来的产业结构将得到新的调整。在代表新技术的产业不断发展的同时，传统产业随着新技术的应用，其技术水平也不断提高，这样促进了整个产业结构的升级。

所以，主导产业的发展有利于产业结构的调整和优化升级，有利于产业结构的高度化和协调发展，提高了产业发展的效率。而每一次产业结构的调整和升级，就是新一轮经济增长的开始。在经济发展中，主导产业发挥的作用越大，产业结构转换的效率就越高，促进经济发展的作用就越强。随着全球技术进步的加速，产业转换周期也在逐渐缩短。世界其他工业化国家的发展经验表明，一个发展中国家经济进入起飞阶段后，有一个长达30~40年的高速增长期，这种高速增长期是以产业结构的成功转换和不断进行调整为基础的，而主导产业在产业结构调整中起着决定意义的作用。

二、新型工业化道路条件下主导产业的选择

纵观世界发达国家的工业化历程，虽然工业化目标和经历的阶段是基本相同的，但不同国家在不同时期的工业化道路却是不同的。党的十六大指明了我国要走新型工业化道路。这是总结我国工业化发展，借鉴世界工业化国家经验的创新模式，而新型工业化道路对主导产业发展提出了新的要求。根据党的十六大报告精神，实施新型工业化道路的涵义

包括以下方面：一是在加强农业基础性作用前提下，大力发展工业和服务业，并使一、二、三次产业协调发展，这是我国走新型工业化道路的基础。二是随着工业化的进程，按实际汇率计算的人均收入由现在的近1000美元，到2020年超过3000美元，并继续增长，这是我国新型工业化的中期目标。三是将各类产业发展建立在持续地技术进步和高技术的广泛应用基础上，这是我国工业化道路的基本措施。四是产业发展的资源消耗逐步减少，经济发展建立在生态环境得到有效保护和改善基础上，体现人与自然和谐的精神，这是实施新型工业化道路的基本条件。五是实现技术密集型产业和劳动密集型产业的合理分工，提高就业率，使劳动力资源丰富、成本低的优势得到充分发挥，这是做到社会稳定的根本措施，也是保障新型工业化顺利实施的前提。

选择什么样的主导产业，是关系到我国走新型工业化道路的效果，甚至关系到能否实现的大事。根据新型工业化道路的内在要求，对我国主导产业的选择应有以下考虑：我国主导产业的发展不是个别产业部门，而是能够代表整个产业发展主流的产业群，否则难以实现产业结构的协调发展和结构转变；不仅要求主导产业的附加值高，而且要求产业关联度高，需求潜力大，对GDP增长的贡献率大，以实现人均收入水平的不断增长；不仅要求主导产业主体是技术集约化程度高、生产率上升快的产业，而且还要有一些能够吸纳劳动就业、增加收入的劳动密集型产业；要求主导产业为资源节约型、低污染排放的产业。根据上述要求和目前经济发展水平，我国目前主导产业是信息产业、建筑业、汽车等机械制造业、旅游业等。

三、我国新型工业化道路条件下主导产业发展战略

目前，在我国产业发展中，信息产业、建筑业、汽车制造、旅游业均有较高的增长率和较大的发展规模。同时，受这些产业的影响，钢铁、能源、交通、石油化工等产业增长也较快。今后，如何发展这些主导产业，是关系到如何走新型工业化道路的重要课题。

（一）信息产业——以信息化带动工业化战略

信息化是信息技术的广泛应用和发展，促进工业化发展的过程。当今，由于信息技术突飞猛进，其应用领域包括经济、社会、政治、军事，对人们生产、生活产生了深刻的影响，成为覆盖全社会的新技术。在生产方面，信息技术的应用，使产品设计效率提高，大大缩短了产品更新周期，改革了生产工艺技术，提高了产品质量；同时，通过用电子信息技术改造传统产业，提高了传统产品的技术含量和附加值。通过电子商务应用，使营销、运输和服务方式变革，降低成本，扩大了工业品市场规模。通过企业管理信息化，为企业管理带来一场革命。

在信息化带动工业化战略实施情况下，信息产业一方面为工业化提供技术支撑；同时，工业化也为信息产业发展提供了巨大市场和广阔的发展空间。从1989~2002年，我国信息产业一直保持了2~3倍于GDP的速度发展，产业增加值占GDP的比重由1989年的1.4%提高到4.2%。目前，我国信息产业加工制造规模很大，但信息产业的两大关键环节软件和集成电路技术，与国外先进水平相比，差距不小，为此我们每年都

要支付高额的进口成本和专利费用。这是我国信息产业为何产值高，利润低的原因。所以，在我国加快信息产业发展，关键是要加快软件业和集成电路这两个方面的核心技术的发展，提高研究开发水平。这不仅关系到信息产业发展的后劲，也关系到我国工业化的水平，以及工业化的核心价值。

（二）建筑业——以城镇化促进工业化的战略

城镇化是工业化过程中，随着产业结构变化，带来人口居住和就业由农村转向城镇的变化过程。2002 年，我国城镇化率只有 37.7%，虽然不高，但比 1990 年的 24%，提高了 13.7 个百分点。我国城市发展是带动经济增长的重要因素，2002 年，建筑业增加值占 GDP 的比重达 6.88%。今后，我国城镇发展仍然有客观必然性，这是由于农村剩余劳动力和人口的转移，以及人口的自然增长等因素决定的。2001 年，乡村人口占全国人口总数的 62.3%，我国农业劳动人口占全国就业人员的 50%。按照工业化对农村劳动人口比例逐步减少的要求，到 2020 年城镇化率将达到 60% 以上，农业劳动人口要降到 25% 左右。所以，未来 20 年是中国城镇发展最快的时期。随着农村居住人口和农业劳动力人口向城镇的转移，对城镇建设带来的巨大需求，包括城镇住房及城市道路、电力、供、排水等基础设施和与城镇发展配套的商业、学校、医院、工厂等都需要有较大的发展。

城镇建设发展必须与经济发展相协调，决不能盲目超越加快。因为人们在城镇居住不只为居住而居住，要在城镇生活，就必须有就业收入来源。因此，产业经济的发展是城镇化的前提。如果城镇化超越工业化，其结果导致城市发展质量低劣，失业严重，社会不稳定。特别是房地产开发，如果发展过快，会造成大量积压，引发金融风险，使经济发展受挫。目前房地产业是高回报率行业，所以，对城镇化发展要注意以下方面：一是加强调控，防止过热，要综合运用城镇规划管理、银行信贷和土地供应管理，以及行政、法律手段，加强对房地产市场以及城镇建设发展的调控。二是要做到城镇化与工业化协调发展，把城镇建设与产业发展有机结合起来，使产业建设推动城镇建设，以城镇建设作为工业、服务业发展的载体。三是城镇化建设要充分发挥市场在资源配置中的基础性作用，因地制宜，发挥区位优势。形成产品加工型、商贸型、资源开发利用型等各具特色的小城镇。

（三）汽车等制造业——通过经济全球化，提高竞争力

汽车作为产品，既有较多的价值，又有较大的生产批量，所以能够创造很高的产值。随着汽车技术含量的不断增大，其附加值在不断提高。因此，汽车工业是许多工业化国家的主导产业。世界发达国家工业化历程表明，人均 GDP 由 1000 美元发展到 3000 美元时期，消费需求增长最快的产品之一是汽车，而且随着收入的不断提高，汽车消费也在不断更新。目前，世界各主要汽车生产国的汽车工业增加值占 GDP 的比重仍普遍在 1% 以上。德国、韩国达到 3%。我国汽车工业也是目前增长最快的行业。2002 年汽车产量出现暴发性增长，达到 325 万辆，同比增长 38.5%，其中轿车生产 109 万辆，同比增长超过 55%。汽车工业增加值占 GDP 的比重为 1.5%。但是，目前我国汽车技术还远远落后于世界发达国家水平，特别是我国加入 WTO 后，将逐步降低进口汽车关税和取消

配额许可证管理方式，汽车工业面临严峻的挑战。

据分析，我国生产轿车的国际竞争力在不同层次的车型上是不同的。对于高档轿车，由于我国生产技术水平较低，产品缺乏竞争力，因此进口会有较大增加；对低档车，我国有价格优势，而这类车目前的国际市场价格无大的降价空间，不是进口车与国产车竞争的领域。对于中档车，是国际汽车生产集团与我生产企业竞争的焦点。实际上，中国汽车市场上已经是国际汽车生产集团竞争的场所，这种竞争表现为世界各大汽车生产集团参与我国汽车企业重组合作的竞争，都期望通过合作来分享中国市场份额。所以，中国汽车市场竞争，实际上是合资产品的竞争，而发挥市场优势，通过国际合作，提升我国汽车工业技术水平，这是我国汽车工业发展的惟一出路。随着经济全球化的发展，我国企业在与国际汽车生产集团合作中也取得了巨大成绩，但普遍存在的关键问题是在技术引进中没有掌握核心技术。因此，如何利用市场优势，争取竞争的主动权，提高我们的产品研发能力，开发具有自主知识产权的技术，使中国汽车工业为加快我国工业化发挥更大的作用，这是我们需要努力的方面。

（四）旅游业——巨大发展潜力的无烟工业

旅游业是有巨大发展潜力的无烟工业，发展旅游业在我国工业化进程中具有特殊意义。从我国的旅游资源方面看，无论是自然景观，还是人文景观，都是资源大国。改革开放以来，我国居民收入持续快速增加，城镇居民家庭的恩格尔系数不断下降，人们的旅游需求逐年上升。旅游业是关联度很高的综合性产业。随着对我国旅游业的深度开发和相关资源的整合，我国旅游业对拉动内需，促进消费、优化产业结构将起到更大作用。同时，旅游业覆盖面广，吸纳就业能力很强，可以创造出更多的就业岗位。目前，我国旅游业发展水平与国际水平相比，有较大的差距。据统计，2002 年，中国旅游业占 GDP 的比重还不到 4%，而全球旅游业占全球 GDP 的比重已超过 10%。所以，我国旅游业发展潜力还很大。下一步，如何合理开发资源，加强配套设施的建设，发展旅游产品，进一步规范旅游市场，将决定着我国旅游业的发展前途。

（五）加强对后续主导产业的培育

在一定的经济结构条件下，主导产业的作用达到一定程度后，即主导产业的产品市场需求和产品价格达到临近饱和规模后，其产量不会再有高的增长，甚至会下降。这时必须要有新的主导产业出现，以更替原有的主导产业。也只有这样，才能带动新一轮产业结构的调整，以保持经济持续快速增长。20 世纪 80 年代中期，我国对经济增长起带动作用的主导产业是轻工、纺织等产业。进入 90 年代后，主导产业是交通、电力、钢铁以及彩电、冰箱、空调等家电产品。目前，这些产业增加值对 GDP 的贡献仍然很大，但是如果仅仅依靠这些产业，不能支持 GDP 的高增长。为了经济持续、快速、健康发展，除了要发展现有的主导产业，还要培育后续主导产业。

需要重视的后续主导产业主要有二类：一是高新技术产业，包括生物技术产业、新型材料产业、航空航天制造等等，这些产业已逐步形成高技术产业群，成为中国经济未来发展的技术主导力量。第二类是服务业，特别是现代服务业，包括现代流通产业、银行、保险以及工程技术、会计、法律咨询和教育、卫生等。加快这些产业的发展不仅是完善社会主义市场经济体制的客观需要，同时，由于这些产业利润率高、市场需求大，对拉动经济增长作用越来越大。

此外，随着我国工业化进程加快，现有支撑经济发展的基础产业，如能源、交通、石油、化工、钢铁、供水等产业也必须相应加快发展，以适应经济高速增长的要求。因为主导产业的发展也不是孤立的，要依赖于基础产业和其他相关产业的发展，主导产业是带动相关产业的力量，但没有相关产业的配套发展，主导产业也难以维持，这两者互为条件。

四、完善主导产业发展的机制和政策

（一）建立主导产业发展的机制

在不同的体制模式作用下，主导产业的成长和发展是不同的。一是纯粹市场机制模式，是利用市场机制自动地调节产业发展，政府对主导产业发展没有任何影响。由于主导产业在成长初期，具有一定的投资风险，替代其他产业的能力弱。因此，这种模式不太利于主导产业的成长和发展。二是中央计划模式，主要是政府对主导产业的发展进行重点扶持，使主导产业能够迅速成长，但由于主导产业是关联程度很高的产业，需要各相关产业的协调发展，这种关系是自发的，内在的关系。而在中央计划模式下，主导产业往往单一快速发展，导致产业结构出现结构性矛盾，又影响整个经济的发展。三是市场调节与政府调控相结合模式，一方面政府通过规划和扶持主导产业发展，加快主导产业的高度化；另一方面，通过市场机制的作用，自发地调节与其他产业相协调，使主导产业既有内在发展的要求，也有良好的发展环境，有利于主导产业健康发展。

（二）对主导产业投资的引导

社会投资的流向，对主导产业的形成和发展具有非常大的作用。1998年以来，国债资金的使用，对基础产业和主导产业发展起了重大作用。在社会需求不足情况下，社会资本特别是民间资本对产业的投入很少。要保持经济增长，一条有效途径就是政府发行国债，对重点产业进行投资，并使投资产生乘数效应，带动社会投资。据统计，我国自1998～2002年用6600亿元国债资金累计安排项目总数达32800万元。国债基建投资项目主要用于基础设施、城市设施和西部开发项目。这些项目的建设大大改善了投资环境，吸引了社会资金和国际资金向我国产业的投入，促进了产业的发展。

国债技改贴息的带动作用更大，五年安排355亿元，项目总投资4633亿元。1元国债技改资金带动12元社会投资，其中6元银行贷款，对产业升级和结构调整产生了巨大作用。通过国债技改项目的实施，我国钢铁、机械（含汽车）、电子信息、石化、纺织、能源等一批产业技术主要标志性目标得以实现，技术水平有了很大提高。所以，虽然国债规模在社会投资的比重不大，但其带动和放大作用是其他投资方式无法相比的。国债资金虽然来源于财政，但也为财政带来巨额收入。

今后20年，我国经济平均增长要达到8%左右，主导产业还要加快，能源、交通等基础设施特别是中西部地区还要加大投资力度，这些离不开国债的支持。今后，国债仍是政府引导社会投资的重要手段，并根据投资需求和社会资本的投入规模进行合理安排。同时，要更多地发挥市场在配置资源中的基础性作用，更多地通过市场手段，合理引导和调节社会资金在产业领域的投向和数量，促进产业结构优化和升级。

（三）实行鼓励主导产业发展的产业政策

世界各个国家都有各种鼓励本国产业发展的产业政策。这是因为，一方面发展这些产业可以发挥本国资源优势。另一方面，这些产业对经济发展的作用很大，政府对其实行特殊政策，可以更好地促进整个经济的发展。扶持主导产业成长和发展是通过政府的优惠政策来实现的，但各项政策只有符合市场经济的规律，才能有效发挥作用。

目前国家对主导产业发展的政策主要有：一是财政政策，包括投资补贴、加速折旧、减免税收；二是金融政策，即规定比较优惠的商业贷款利率和较大规模的贷款额度，支持社会资本投向主导产业；三是外贸政策，即在符合 WTO 规则的前提下，在进口关税和出口退税、减免税以及出口许可等方面，对主导产业生产设备、零部件和产品出口给予优惠政策；四是对一些主导产业产品采取政府订购本国产品的方式进行扶持；五是放宽市场准入，减少行政审批，更多地采用环保、安全、技术标准等手段进行行业管理。

国有企业重组的几个理论问题

一、重组理论研究的演化

重组作为一种企业行为，必然与价值创造（为企业本身、股东及其他利益相关者）的目标联系在一起。所以，自20世纪60年代以来逐渐发展起来的重组研究所关注的大部分问题可以归结为：1. 为什么会发生企业重组，这就是重组动因研究；2. 重组是否创造价值以及为谁创造价值；3. 重组怎样创造价值这三个基本问题。

围绕这三个基本问题基本上囊括了所有的与重组相关的研究。按照作为研究焦点的先后，同时也是研究逐渐深入的顺序，如图1所示。其中并购动因研究和本文的相关性最强，所以我们将作重点阐述。关于重组是否创造价值以及为谁创造价值则是对重组动因研究的深化。

（一）重组动因研究

这是重组研究中最为成熟的一部分，它是在人们一开始研究重组时就进入研究视野的，并不断有新的角度、新的理论假说出来，主要包括：

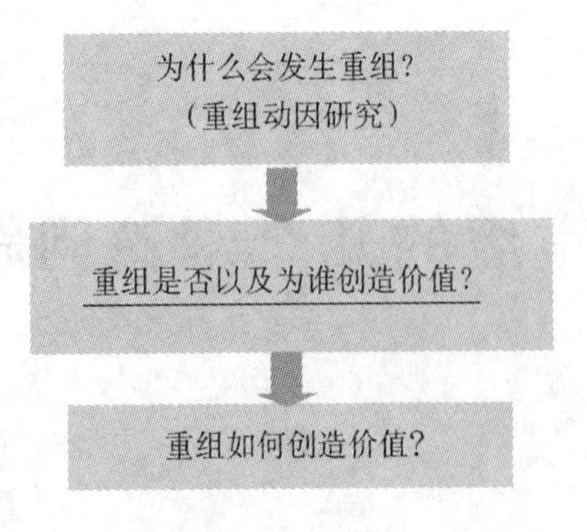

图1　重组研究的三个基本问题

效率理论、信息与信号理论、代理理论、市场力量假说等。它们从不同的角度解释了企业重组这一客观存在的事实。

如果我们将西方学者关于重组动因的观点加以大致的归纳，可以发现这些观点依托着这样四种经济学理论背景：新古典综合理论、X—效率理论、委托—代理理论以及新制度经济理论，即重组动因理论的发展是和经济学的演化相伴随的。

新古典综合派在解释企业重组的动因时，显然隐含着一个重要的前提假设，即企业以利润最大化或成本最小化为目标，这是该学派的一个重要理论基础。“技术决定理论”、“市场力假说”、“垄断利润假说”、“赋税考虑说”等理论都是以这一假设前提而从各个角度解释的企业重组行为。换言之，进行企业重组应能带来企业利润的最大化，或者新古典综合理论认为企业进行重组总是“合理”的。

企业的管理层在作出决策时会考虑企业所有者即股东的利益，这是新古典理论的另一个重要的前提。事实上该学说强调的是股东利益的惟一性和管理层利益的从属性。换言之，当管理层作出一项重组行为的决策时首先考虑的应该是股东的利益，同样，当该项重组行为产生的后果使管理层和股东有利益差异时，重组会按照股东的利益来进行。这就是“股东财富最大化”的重组动因假说。

从另一个角度来说，根据新古典综合理论的假设，企业的管理者都是“好人”，他们重组的目的是希望利用规模经济、范围经济、市场权力、进入新的市场、获取的资源和能力、避税等来为企业、股东及其他利益相关者谋求利益。

然而，在现实生活中，我们常常可以看到，许多优势企业在实施重组之后，其利润水平不是提高了，而是下降了。这一实践和理论上的矛盾，使人们关注引起重组失败的外部客观原因，如对劣势企业整合中的企业文化冲突等，也怀疑起企业重组动因的真实出发点，即优势企业是否真的是从利润最大化的目标出发？这一怀疑有着十分深刻的经济学理论的变迁背景。

早在20世纪50年代末期，一些经济学家已经提出了对利润极大化、成本极小化模型的质疑。鲍莫尔（Baumol，1959）首次提出了以销售最大化为目标的厂商模型；马里斯（Marris，1963）提出了以资产增长为目标的厂商模型；威廉姆森（Williamson，1964）提出了经理对工资薪金感兴趣的厂商模型。然而，最为系统地认为并解释了企业可能存在不按利润最大化目标为行动纲领的理论，是20世纪60年代中期由莱宾斯坦（Leibenstein，1974）提出的X—效率理论。他提出经济学研究的基本单位，不应该是笼统的企业和家庭，而应是个人；企业中委托人和代理人的利益并非总是一致的；个人的行为具有双重性，既有追求效用极大化的一面，也具有惰性特征的一面；应该把个人的努力看作是个人对自身特征变量和外部环境变量决定的函数。

重组动因的“效率论”也就应运而生，因为X—效率理论认为，由于组成每个企业的管理层（代理人）的不同，每个企业的管理效率也是不同的，管理效率高的企业就有了重组低效率企业的动机。

现实经济活动中，管理层以损害股东利益为代价的重组决策也时常出现，这与以新古典理论为基础的“股东财富最大化”解释也相违背。委托—代理理论对此作出了解释。

委托—代理理论将企业管理层与股东之间利益不一致的情况称为“公司代理人问题”，并认为这一问题可以通过适当的组织程序加以规制并进而形成合理的制度来予以解决。这种制度可以由企业内部的约束和激励机制以及合理的企业外部环境所组成。企业重组正是提供了这样一种外部的鞭策机制，使管理层不至于过分的损公肥私或玩忽职守。然而，制度性约束毕竟也是理论上的，现实生活中的代理人问题是或多或少存在着的。换言之，委托—代理理论的出现使重组动因更趋现实性。

经济学在进入20世纪70年代中后期后获得了迅速的发展，新制度经济学理论正是其中异军突起的一支，为人们分析重组问题提供了一个全新的视角。“市场缺陷论”以新制度经济学中的交易费用理论为基础，对企业重组动因进行了阐述，企业重组被认为是减少企业交易成本的一种手段，企业以内部组织替代市场的根本原因在于内化了原本属于市场范畴的交易成本。

这些研究大多针对“单个”重组，其实还有一类研究，就是分析重组为何“波浪式”地发生。有些学者，包括罗尔（Rawls，1986）、韦斯顿（Weston，1953，1982）、马克海姆（Markham，1955）、尼尔森（Nelson 1959，1966）等研究过这个问题，视角包括规制变迁（反垄断法的放松）、资本市场的推波助澜、管理者对增长的追求，或者从新技术（内燃机、电力技术与计算机网络）的出现以及基础经济环境分析。

（二）重组是否以及为谁创造价值

早在60年代重组研究刚开始兴盛的时候，大多以微观经济学为研究背景的学者们最关注的问题就是“重组是否能够为双方股东创造价值?”。他们运用财务数据，对一些重组案例做了分析，研究结果显示，对重组企业来说，从重组获得的财务收益或者接近于零，或者为负。霍华蒂（Hogarty，1970）总结道，“‘重组可以看作是一个零和的、充满风险的游戏’，这是一种对冒险家很有吸引力的投资形式。”

然而，根据蒙特格迈利（Montgomery）和威尔森（Wilson）（1986）的分析，应用财务数据来分析重组的影响可能有如下弊端：财务数据是历史数据，反映的是过去的绩效，而不是所期望的未来收益；绝大多数的公开财务数据都是累加值，难以区别开单个规模较小的事件（重组）的影响。

到了70年代，金融经济学家，包括赫本（Halpern，1973）、曼得克（Mandelker，1974）、兰格蒂尔格（Langetieg，1978）等，试图将重组作为单个事件分离出来，通过资本市场中股价波动来分析重组的经济影响。这种研究方法被称为残值分析（Residual Analysis）或者基于事件的分析

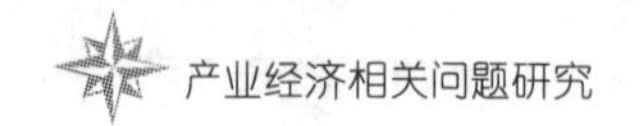

(Event - based Analysis)，其基本假设是：资本市场是有效的。以这一方法做的大量研究结果表明：总的股东收益是显著的正收益，被重组企业的股东收益比较大，而且很稳定，但是重组企业的股东收益则小得多(接近于零)。

（三）重组如何创造价值

虽然新制度经济学从交易成本的角度合理地解释了企业重组的动因，但是由于交易成本的不可计量性，使得这一研究很难深入和细化。许多经济学家和管理学家通过实证分析重组如何创造价值，即节约交易费用，这是对企业重组动因研究的深化。

为了解重组如何创造价值，人们首先寻找那些影响重组效果的因素，先是交易因素，然后是战略因素，近来是组织因素。交易因素是20世纪60~70年代所关注的，其中包含的因素有：包括重组类型（兼并或收购)、交易方式（现金或股权交换)、溢价比率等。这在今天依然有很多人在研究。但是，如同詹森（Jensen）和罗伯克（Ruback）（1983）所观察到的，重组研究“过去一直将注意力仅仅放在股价在重组宣布中的变化，结果研究成果越来越少……”。

到了20世纪80年代，自萨尔（Singh，1984）开始，将战略因素——重组双方的相关性和战略匹配性——引入重组研究，形成了在80年代的主导研究范式：相关性（Relatedness）/战略匹配性（Strategic Fit）——重组绩效（Post - merger Performance)。

然而，从中可以看出，对战略匹配性——重组业绩之间关系的研究结果居然有三种情况：一种是相关重组好于不相关重组，包括萨尔

(Singh) 和蒙特格迈利 (Montgomery)，谢尔顿 (Shelton)；第二种是两者在为股东创造价值和实现协同方面差不多，包括鲁拜特金 (Lubatkin)，塞斯 (Seth)；第三种是认为非相关性重组比相关性重组创造的价值更高，比如切特基 (Chatterjee)。这种相互矛盾的情况与人们一开始普遍预期的“相关重组好于不相关重组”大相径庭。

一些学者对此做了分析，大致分为两类：一是在研究的技术角度找原因，比如样本、时间跨度以及控制变量的处理上是否存在漏洞，或者考虑不周密的地方；另外一种观点，是鲁拜特金 (Lubatkin，1987) 所指出的，重组双方在管理风格、评估与报酬系统、组织结构与组织文化等方面的不协调 (即组织匹配性，Organizational Fit) 可能影响了潜在价值的实现[①]。后来的发展表明，第二种观点占了上风，也就是突破了原来的研究框架，形成了20世纪80年代后期与90年代重组研究的新的研究范式：组织匹配性 (Organizational Fit) ——重组绩效 (Post - merger Performance)。这样，组织因素，包括企业文化、各种制度等成为了研究所关注的影响重组绩效的主要因素。

以上是从分析主义角度，关注的是要素 (Factor) 水平，而以汉普拉夫 (Haspeslagh) 和詹米森 (Jemison) (1986) 为代表的一些研究者，采取的则是综合的思路，将重组看作是一个过程，整合也就是其中的一个子过程，或者称为阶段。这种研究思路通常被称为“过程学派” (School of Process)。它与组织因素的研究一起构成了整合研究的两个主

① Lubatkin, Mergers strategies and stockholder value, Strategic Management Journal, Vol. 8, pp50 - 53, 1987.

要理论源泉。以上分析表明，整合研究成为今天重组研究的核心内容，是由问题推动的，是不断寻求完满解释的研究努力的结果。

二、我国企业重组研究的进展

我国国有企业重组研究和西方重组研究成果存在共性，但是由于经济基础不同（我国是以公有制经济为主体，西方理论是建立在私有经济基础之上的），研究对象属性不同，研究结论就存在较大的差异。我国国有企业重组的研究主要是从两个方面展开：重组的动因研究和重组的绩效研究。

（一）我国企业重组动因研究

基于我国是以国有经济为主体的社会主义国家，学者们从两个层面研究企业重组的动因：政府层面和企业层面。

1. 政府层面的动因。我国以国有经济为主体，政府是国民经济的管理者，政府的动机对于企业重组具有重要的影响。主要的观点包括："消灭亏损企业说"、"政企分离说"、"优化所有制结构说"、"收缩战略说"、"优化产业结构说"、"减轻财政负担说" 和 "参与国际经济大循环说" 等。事实上，这些不同的观点反映了政府和国有企业的关系变化以及我国经济体制改革的历程。

2. 企业层面的动因。在企业层面，对于并购动因，我国学者在学习总结国外企业并购理论的基础上，悉心研究企业并购的实践，提炼形成了一些观点①②③④⑤⑥：“企业发展战略动机说”、“利用优惠政策说”、“竞争优势双向转移理论”、“搞活企业机制说”、“产权制度改革说”、“控制权增效说”和“企业融资说”等。根据这些从重组实践中提炼出来的观点可见，我国国有企业的市场意识逐渐增强，国有企业重组和一般意义上的重组动因日益趋同。

（二）我国企业重组绩效研究

企业重组实践的合理性和可持续性是通过重组后的绩效来判定的，但是由于时间关系，我国学者所做的关于重组绩效的实证研究无论在数量上还是成果上，与西方国家相比有很大距离，但也取得了一些研究成果，更重要的是已经显示出良好的势头。

上海证券交易所的2000年的课题研究发现，重组活动总体上稳定、持久地提升了上市公司绩效。其中，重组公司的绩效要显著高于目标公司。其中，对外扩张和股权变动等战略性重组绩效非常好，而资产剥离则效果不佳。

该项课题以1998年沪深两市发生资产重组的103家公司为样本，利用数据包络分析方法计算并购前后各年的绩效指标，系统分析了并购的绩效，并按照不同分类方法讨论了影响重组绩效的因素，得出了上述结

---

① 郭元晞：《现代企业制度论》，西南财经大学出版社1996年版。

② 邹亚生：《企业兼并操作指导》，经济管理出版社1996年版。

③ 常修泽等：《产权交易理论与运作》，经济日报出版社1995年版。

④ 孙耀唯：《企业并购谋略》，中华工商联出版社1997年版。

⑤ 刘文通：《公司兼并收购论》，北京大学出版社1997年版。

⑥ 孙福全：《企业兼并与破产》，中国经济出版社1995年版。

论。该课题还进一步分析了影响重组效果的其他因素：重组前后大股东地区变化的绩效增长较大；重组前后行业变化的公司增长趋势更强劲；无偿划拨的重组绩效不及有偿转让；国企收购组的绩效在重组后好于民企收购组。分析还发现，重组的规模是影响重组绩效的重要因素，重组的次数是影响重组短期绩效的主要因素。

针对混合并购，有一个专门的研究值得一提（冯根福、吴林江，2001）①。他们通过建立综合得分模型，对1995—1998年70个混合重组样本公司进行考察，得出的结论为：上市公司混合重组绩效在重组后第一年上升，然后逐年大幅下滑，业绩均值小于0。

从这些研究看出，中国的情况与国外确实存在差异，因此，当我们试图解释实证结论时，应注意将其与重组发生的背景联系在一起。比如冯根福和吴林江的研究，它所揭示的实际上是这样一种现象，即中国上市公司重组的非战略性——重组企业并不关注被重组企业的业务，而是它的“壳”，更确切地说，是融资资格。

三、国有经济理论与中央企业重组

无论在西方市场经济发达国家，还是在中国这样的社会主义市场经济国家，国有企业在国民经济中都扮演了重要的角色。有不少的经济学家在其理论中，如“混合经济理论”、“代理理论”和“产权理论”等，

① 冯根福、吴林江：《我国上市公司并购绩效的实证研究》，《经济研究》，2001年第1期。

都对此进行了研究，并肯定了国有企业存在的必要性。下面，我们将既从理论角度，也从现实角度来分析国有企业存在的必要性和重要性，并据此说明中央企业重组的意义。

（一）市场失灵是国有产权存在的内在机理

无论是西方经济学理论，还是在当代市场经济现实中，界定产权不外乎三种制度方式：一是通过市场交易来界定产权，交易本身是对彼此产权的承认和相互让渡，交易本身也是对产权排他性最彻底的证明；二是通过企业制度来界定产权，企业将分散的要素产权集合为一个企业法人产权整体，以降低可能由于进入市场交易的交易者数目过多而导致的高昂的交易成本，同时通过企业制度界定产权边界以克服外在性；三是通过国家来界定产权，当企业制度、市场制度由于种种原因难以界定产权，或在即使可以界定，但界定成本极其高昂时，便产生了国家界定产权的可能与必要，并且就界定产权本身来说，国家凭其权力强行界定产权简便易行，当然，这并不意味着必然有效。界定产权的成本一般包括界定产权和保护及运用产权的成本，这是一种制度费用。

至少有三种情况，使企业制度和市场制度界定产权时会产生困难：一是由于私人间利益的冲突，在私人之间根本无法通过市场交易或企业内部交易达成协议，从而无法界定出利益边界，“囚徒困境”模型表明的就是人的有限理性所造成的无法界定产权的矛盾；二是自然原因使人们无以界定产权，至少在物质技术上缺乏界定的手段，如空气、大气的产权空间界定等，从而也就可能发生污染空气而又可能不负责任的外部性等，或者虽然在技术上存在界定工具，但界定成本太高，甚至高过不界定产权所形成的效率损失；三是生产技术和经济发展本身活跃，使得社会界定其产权的技术手段和制度手段发展滞后，导致难以界定，如知识经济时代的种种知识产权界定，运用工业化时代的技术界定工具和有关制度安排相当困难，需要创造新的制度界定方式。由此，便产生了由国家来界定产权的可能及必要。

国家作为界定产权的一种制度安排，主要有两种方式：一种是作为秩序的制定和维护者，界定产权的制度排他性和产权的交易规则，并且以法律等形式将这些规则和秩序明确起来，目的在于防止侵权，同时排除产权交易中的障碍，努力促成统一市场并使之有序，从而降低交易成本；另一种是国家直接作为产权主体，以国有制的方式将部分产权直接界定为国有，以克服市场和企业制度难以界定产权的某些局限。在许多存在"市场失灵"的领域，企业不愿按照市场规则进入，而国民经济发展和运行又需要存在这部分经济领域，那就往往需要国家予以支持。这种支持可以是公共财政支出的方式，包括各种转移支付等，同时也包括国家通过财政直接承办国有企业的方式。即使在当代发达的市场经济社会中，也总会存在"市场失灵"的领域，因而客观上总需要存在国有制企业和其他形式的国有经济。

一般说来，以公共财政的形式举办诸如公共品生产和公众社会福利、社会保障事业、兴办国立大学或研究机构、组织国防以及社会安全建设等等，人们的分歧并不大，尽管从产权上来说，这些也都属于国有经济，但这些组织通常并不是（或者完全是）以盈利为目标，因此通常又称为非盈利性组织。

争论较为集中的在于国家是否需要兴办国有企业，尤其是要不要兴办以盈利性为首要目标的国有企业？按照流行的西方经济学观点及其传统实践，在一般情况下（战争等特殊情况除外），国有企业应是市场经济汪洋大海中的岛屿，也就是说，只要市场力量能够组织的经济，国家就无需直接介入，只要市场中的竞争性主体能够承担的竞争活动，国家就没有必要以国有制企业的方式直接进入竞争，只有在市场失灵的领域，国有企业才可能以“市场经济汪洋大海中的岛屿”的形式生存。显然，这种观念与传统社会主义国家的实践及理念存在着极大的矛盾。

（二）“混合经济”理论是国有企业形式的理论基础

“混合经济”的提法早已有之，但现代意义的“混合经济”理论和经济运行方式的形成在20世纪30年代以后。20世纪30~70年代，西方国家普遍摒弃传统的自由经济理论，奉行凯恩斯（Keynes）的国家干预经济理论和政策主张。西方各国实行国家干预经济和大力发展国有企业，相对于以往以私人经济为基础的自发市场调节的经济来说，资源配置方式和所有制结构发生了变化，这无疑是对传统市场经济体制的重大调整，为此，西方经济学家将这样的经济社会描绘为“混合经济”社会。

继凯恩斯（Keynes）之后，汉森（Hansen）、萨缪尔逊（Samuelson）、斯蒂格利茨（Stiglitz）等一大批经济学家不断给“混合经济”理论以新的完善，认为它不仅是一种社会经济现实，而且是一种长期有效的经济运行模式。20世纪80年代兴起的“私有化运动”也没有完全消除自50年代以来形成的国有经济。实行保守主义的各国政府依然保留了大批国有企业和公私合营企业，作为“混合经济”的物质基础。事实上，“混合经济”理论为国有企业形式和国家干预奠定了理论基础。

“混合经济”理论的核心是国家必须干预社会总需求，增加公共投资和扩大公共消费。它认为在市场经济条件下，如果只依靠私人自发的投资与消费，社会总需求就会永远处于不能满足充分就业的水平，因此必须建立国家干预和国有企业制度，并要使之长期存在。“混合经济”理论的基本主张是，用政府行为矫正市场在私人垄断和经济行为负面外在性方面的失灵，用稳定化政策削减经济周期的波动影响，用国有化来解决扩大就业问题，用社会保障解决贫富悬殊和社会公平问题。市场经济客观存在的种种失灵决定了必须要在以私人占有和市场调节为主来解决经济效率问题的同时，实行必要的国家干预和国有化运动。在市场经济条件下，国有企业和国家干预永远是必要的。

（三）国有企业是政府调控经济的实现途径

国有经济曾被看作社会主义国家的主要经济特征，在社会主义国家无一例外地占据了统治地位，获得了很大发展。但国有经济却不是社会主义国家的专利品，世界上许多非社会主义国家都保有国有经济，只是不同国家国有经济的数量和分布不同，并且在不同时期，国有经济的数量和结构也有变化。

第二次世界大战后，西欧各国在经济恢复时期都进行了程度不同的“国有化”，通过国家投资、购买等手段，建立了国有经济。英国将银行、电力、资源等行业的主要企业收归国有，将汽车行业的50%，钢铁行业的70%交国有企业经营。前联邦德国几乎100%的邮政、无线通讯、铁路，90%的电力和70%的制铝业为国有经济控制。法国除了对电力、煤气、煤炭、航空、邮电、通讯、铁路实行国营外，一些重要的产业如汽车、化工也实施了国有国营。美国国有企业除控制着邮政、铁路（客运）、机场、港口、水电煤气等公益公用事业外，还控制国有银行、货币印刷业等行业和部门，并通过政府采购（如对军事工业）、经济政策、行业规模等手段对一些有显著外部效益的行业进行干预和控制，如对公用事业和洲际电话、天然气和石油洲际运输价格实行管制。

进入20世纪70年代后，一些主要资本主义国家相继对国有经济实行“私有化”和重组，但是依然保持着较大比重的国有经济。一些后起的国家，如韩国在60年代实施赶超战略、加速经济起飞时期，大规模发展了国有经济，从钢铁、石油、化工到公共事业、旅游等领域都为国有企业所控制。在70年代中期，韩国国有经济在社会总投资中比重一度达到1/3，直到经济进入稳定增长期后，在90年代才开始对1/3的国有企业和铁路运输实施“私有化”和重组，而国有经济比重才有所下降。其他一些国家如印度、新加坡国有经济都占有相当比重，并都在国民经济中发挥了重要作用。

这些国家的国有经济是政府针对市场失灵，为补救市场缺陷而干预经济和实施发展战略的一种手段。这一特征使国有经济成为政府意志在经济领域中的体现，政府功能在经济领域中的延伸以及国家全局利益和长远利益在经济领域中的代表。但是，国有经济的领域布局和对于国民经济的意义是一个动态的调整过程，通常与经济发展阶段、市场发育程度等条件有密切关系，具体表现在以下方面：

1. 在国家经济恢复和经济起飞阶段，由于民间资本相对比较薄弱，或资本市场相对发育不充分，兴办国有企业成为国家工业化和经济发展的重要投、融资形式。政府利用行政力量来集中财力，兴办国有企业，投资建设重点产业、关键项目，具体落实国家的产业政策和经济发展战略，加速国民经济的发展。

2. 当经济出现萧条迹象时，政府通过对国有企业的投资，引导、刺激市场投资，平抑经济波动，引导和带动其他所有制经济共同发展。

3. 国家兴办投资大、规模大、风险大、关联性强的新兴产业和战略性行业，特别是民间资本无力或不愿进入的领域，促进形成新的增长点，引导资源的优化配置，克服市场缺陷，带动非国有经济参与国际竞争，促进经济结构升级，增强国家整体实力。

4. 当经济进入稳定发展阶段，非国有经济显著壮大和国家调控手段增强，能够更多地采用间接调控手段后，国有经济比重则有所降低。

（四）国有企业重组是我国市场经济体制建设的重要战略举措

现代市场经济国家普遍存在的“混合经济”现实表明，国有产权的存在有其客观合理性，国有企业不仅是市场失灵的弥补机制，也成为政府调控经济的实现途径。而国有经济的领域布局通常和经济发展阶段、市场发育程度等条件密切相关，我国渐进式的市场经济体制改革正是在这一基础之上进行的。

国有企业是国有经济的重要组成部分，其自身存在的布局不合理和效率低下等问题是重组的直接原因。新的国有资产管理体制的确立标志着我国国有经济体制改革进入了一个新的阶段，它为国有企业重组提供了制度基础。国有企业重组事关国有经济布局、产业结构调整和新的国有资产管理体制的落实。因此，国有企业重组是我国市场经济体制建设的重要战略举措。

四、我国现代国有产权制度改革方向

（一）国有资产的资本化

国有经济是一个庞大的经济体，这个经济体的运行既有实物形态也有价值形态。国有资产资本化，就是建立在这两种运行的基础之上实现国有资本的经营。因此对国有资产的经营是通过资本经营来实现的，即国家通过投入资金行使财产的所有权，而投入的资本又创造出更多的收益。实现国有资产的保值增值，并将国有资产经营收益增值部分用于新的产业领域和公共物品的投入，以实现政府的职能。

（二）国有产权结构的多元化

国有产权结构的多元化包括企业内部产权多元化，以及与企业外部发生的债务关系，其内容包括以股权形式存在的国有产权，也包括以债权形式存在的国有产权。在现代经济条件下，国有产权结构包括股权与债权及其之间的再组合，并且这种结构是不断变化的，债权可以转为股权，股权可以出让和增加。如何使国有企业经营性资产中的股权与债权结构合理化，是通过资产与债务的关系调整来实现的，具体可以用企业资产负债率来表示，负债率太高，表明企业对资产的经营效率很低，债务太大，不能实现盈利；负债率太低，也表明资本没有最大化的得到使用，边际效益不高。

（三）国有产权的市场化

根据产权理论，产权只有在不断流动、不断交易的过程中，有效率的要素支配着才能不断取代那些没有效率的要素支配，社会才能使分属不同所有者的资产实现最优化配置和资源集中，而这种配置是通过市场化来实现的。只有使国有产权市场化，使国有产权合理流动，才能实现国有经济有进有退的战略性调整，包括所有制结构的调整和产业结构的调整。在所有制结构调整方面，实现国有股权与非国有股权，中央企业股权与地方国有企业股权，以及在经济全球化条件下的国有企业实施跨国重组；在产业结构调整方面，实现产业结构的替换更新，并使国家产业结构得到优化。国有产权的市场化要求不断健全资本市场，建立全社会多层次的产权交易渠道，这样才能使国有产权公开、公正、透明地实现流动。

国有企业重组涵义

一、企业重组是企业发展的重要形式

20世纪90年代以来，出现了世界范围内的大型企业重组热潮，其主要原因是国际整体的技术经济格局发生了变化，表现为：一是经济全球化的趋势扩大了市场范围，减少了要素在企业间流动的障碍，加剧了全球性竞争。因此，一些原本规模较大的企业，在更加激烈的国际竞争中，通过并购重组的方式，获得了更大的竞争优势，提高了市场占有率。如美国的波音公司兼并了麦道公司成为世界上最大的航空制造企业，英国的BP公司与美国的阿莫科公司合并后位居世界石油行业之首。二是全球性的产业结构调整。新技术的发展促进了新兴产业的形成和成长，而一些传统的成熟产业正处于技术升级阶段，全球产业进入了调整时期。在相当一部分成熟的产业中，存在着全球性的供大于求，生产能力过剩，企业兼并收购重组成为高效、节约、快速进行结构调整实现发展的有效途径。如亚洲金融危机后，韩国、日本等国就是通过大型企业重组来调整产业结构和市场组织。三是企业技术进步会促进企业重组。技术进步导致经济规模增加，技术投入加大，企业要利用联合优势开发新技术，通过联合扩大市场份额，消化巨额的研究开发费用。四是一些自然垄断产业放松规制和引入竞争，导致垄断行业的重组。80 年代以来，一些市场经济国家，特别是欧美国家加快了对天然气、电力、电信等垄断产业放松规制，逐步引入竞争，出现了全行业的重组。

重组浪潮有利于促进我国融入全球经济，提升产业结构和深化市场经济体制改革。如何抓住这些机遇，承受由此带来的挑战，是我国经济发展面临的一个重要问题。我国是以国有经济为主体的转型经济国家，国有资产的战略布局、竞争力和控制力是解决这一问题的关键因素，国有企业的战略重组则是解决这一问题的现实途径。

我国的国有资产和国有企业不是“市场失灵”的必然产物，而是国家为了尽快实现社会主义工业化，动员和集中全社会资源和力量，通过政府投资、没收以及对资本主义工商业进行社会主义改造等途径建立起来的。经过建国几十年来国家经济改革和建设的发展，国有资产迅速增长，并渗透到国民经济的各个行业和领域，形成了规模宏大的生产能力和门类齐全的产业部门，甚至在一些产业中占据绝对的垄断地位。因此，我国国有企业重组的动因、目标和实践与一般意义上的企业重组就不完全相同。

根据我国的国有企业重组目标的差异，可以将其分为三个阶段：第一阶段，20 世纪 80 年代中期到末期，这是国有企业重组理论和实践发展的初期阶段，其特点是以消除亏损为主要目标进行企业的产权交易；第二阶段，20 世纪 90 年代初至中后期，此时的企业重组以优化产业结构和产业组织结构、提高企业竞争力为目标；第三阶段，20 世纪 90 年代后期，开始了以国有企业战略性改组为目标的企业重组，重组的市场化程度大大提高。由此可见，国有企业重组实践是和我国国有经济体制改革进程相伴随的。

按国家统计局69个行业（不包括军工）进行分类，统计中国大企业集团的行业分布情况，其中37个行业有中央企业，加上军工行业，中央企业实际上分布于38个行业。目前，在国有企业内部，还普遍存在一些问题：第一，政企不分、人员冗杂。第二，主业不突出、国际竞争力不强。由于历史原因，中央企业主业不突出、核心竞争力不强的问题还比较普遍、突出。第三，中央企业内部层级多，代理链太长。全国169家中央企业所属三级以上企业就有11598户，其中中小企业占78%。级次过多和链条太长导致管理效率下降，甚至资产归属模糊，管理失控。

国有企业作为我国国有经济的主体，必须履行其基本功能。但是，分布领域分散和内部机制不完善等问题导致其功能实现效率较低，且与市场经济体制的冲突日益突出。我国国有资产管理体制中的政企不分和政资不分是造成这些问题的深层次原因。

目前的新型国有资产管理体制的方向是“三个分离”和“三个转变”。“三个分离”是政府社会经济管理职能与国有资产所有者职能分离；出资人所有权与企业法人财产权分离；国有资产管理与国有资产运营分离。“三个转变”为实物形态管理向价值形态管理转变；资产管理向资本管理转变；管理企业向管理产权转变①。专司中央企业出资人职责的国务院国资委也于2003年正式成立。新型国有资产管理体制为解决

---

① 郝向宏：《刍议创新国有资产管理体制》，《锦州社会科学》，2004年第1期。

国有经济中存在的问题提供了制度基础。

随着中国加入世贸组织后国内市场的进一步开放，一些大型的跨国公司正以各种方式进入我国市场，中央企业将面临着更加激烈的国际竞争，需要进一步提高竞争能力。中央企业重组则是解决其内部机制问题、优化国有经济布局和国有资产管理体制进一步改革的现实途径。通过中央企业重组，还可以进一步促进国有经济与市场经济的兼容，深化我国市场经济体制改革。因此，加强对中央企业重组问题的研究，具有很强的理论和实践意义。

二、国有企业重组的涵义

（一）企业重组的概念有狭义和广义之分

对企业重组的概念，有许多不同的表述，也都是有道理的。例如，有的观点认为，企业重组是指企业之间通过产权流动和整合带来的企业组织形式的调整。更具体地说，是通过企业联合、合并、兼并、收购、破产、承包、租赁等方式进行的企业组织再造，包括企业组织模式、资本结构、组织结构和债务结构的变化和优化①。大和证券株式会社编著的《企业重组导论》认为，企业重组是为了使按发起设立的股份有限公司在符合国际规范的条件下转化为社会募集的股份有限公司，从而顺利发行新股并上市和按照在境内外上市的有关法规和条例对被改组企业生

① 孙耀唯等：《企业重组理论与实务》，石油工业出版社 1998 年版。

产力诸要素进行拆分、整合以及内部优化组合的过程。企业重组分为广义和狭义两种，广义企业重组的主要内容包括业务重组、资产重组、债务重组、股权重组、职员重组和管理制度重组；而狭义企业重组就是指资产的重组。

虽然学者们对于企业重组的定义不尽相同，但是在这些概念中都包括一些共同的要素：一是企业重组有兼并、联合、收购和破产等形式；二是企业重组本质上是企业之间产权的流动；三是重组目标是优化配置资源。因此，本文中将重组定义为：企业通过兼并、收购、联合、破产等途径，实现产权在企业之间转移，以促进生产经营资源在企业之间进行组合和优化配置。由此可见，这里的企业重组是一个广义的概念，因为产权重组是企业通过交易等配置方式获新的生产经营资源的过程，是企业业务、资产、债务、股权和企业内部制度等一系列重组关系的总和。

根据企业重组的概念，在市场经济中，企业重组应该具备开放性、流动性、扩张性和规范性特征，这也是实现企业重组目标的基本条件。

（二）国有企业重组包括企业产权、产业结构和组织结构的重组

我国国有资产管理体制经历了集中计划管理——统一所有、分级管理——统一所有、分级行使出资人职责的演变过程，国有企业的涵义也随之发生了变化。

在集中计划管理体制下，所有企业都归国家或者全民所有，当然，这种国有企业也不是完全意义上的企业。

在国家统一所有、政府分级管理的国有资产管理体制下，国家、中央各部门和地方政府投资的企业，一概都是国有企业，由中央政府负责

管理的是中央企业，由地方政府负责管理的则是地方国有企业。

新的国有资产管理体制确立以后，中央企业是产权属于国家、管理权直接归属中央政府的国有企业，即由现在的国务院国有资产监督管理委员会行使出资人职责的特大型与大型国有企业。地方国有企业是属于国家，但管理权直接归属各级地方人民政府的国有企业。

虽然国有企业的涵义不断发生变化，但是其作为我国国有经济的主体，基本功能保持不变，仍然是社会主义制度的重要载体、政府干预经济的工具和负责提供特定的产品。其涵义的变化标志着我国国有资产管理体制改革的不断深入。

根据国有企业的涵义和基本功能，中央企业重组不仅具有一般企业重组的特征，还具有一些特殊涵义，即不仅具有微观的效率目标，而且在中观和宏观层次上也具有相应的意义。因此，国有企业重组具有产权重组、产业组织结构重组和产业结构重组三个层次的意义。

1. 产权重组。国有企业重组微观涵义和一般意义上的企业重组相同，表现为单个产权重组表现为某项财产的一组权利或产权份额在不同的产权主体之间进行的重新组合。即企业通过兼并、收购、联合、破产等途径，实现产权在企业之间的转移，从而使得生产经营资源在企业之间进行组合和优化配置。

新的国有资产管理体制明确了国有企业的所有权和出资人，并逐步完善产权交易市场、交易程序和相关的法律规范，为国有企业重组的顺利进行创造了条件。

2. 产业结构重组。产业结构重组是指优化调整国有资本投资领域。当前，我国国有资产涉及的领域过于分散，中央企业在很多产业内的规模经济较低，技术创新能力差，因而市场竞争能力弱。显然，产业结构重组势在必行。

在考虑国有资本应该在哪些产业领域占优势时，可以根据该产业的垄断性、与其他产业发展的关联性（基础性）、资本的密集性和技术的先进性这四个指标作出决定。要按照规模经济和组合规模经济的原则，确定产业准入或市场准入政策，鼓励技术创新，实现结构优化。

3. 企业组织结构重组。企业组织结构重组是在产业结构重组的基础上，对特定产业内中央企业的数量、规模结构进行优化，这是国有企业战略性重组的第三个层次。

在对国有企业重组进行三层次分析的基础上，我们给出国有企业重组的概念：国有企业通过兼并、收购、联合、改制、破产等途径，实现国有产权的流动、要素的再组合和资源的重新配置，改善国有资本的配置结构和国有企业的组织结构，使国有资本在国民经济中发挥应有的作用。

产权制度与国有企业重组模式的分析

一、产权制度决定国有企业产权模式

产权理论主要从产权性质出发，研究企业权利分配对于效率的影响，强调企业是由其拥有的资产组成的基本单元。产权包括对资产的使用权、收益权、决策权和让渡权，在四项权利中，收益权是核心。我国国有企业除具有一般企业的盈利特征外，还有特殊作用：第一，是我国社会主义这一根本制度的重要载体，是一种宏观的生产组织形式，是国家财政的可靠来源，因此要求中央企业资产具有盈利性；第二，是政府干预经济的一种工具，它们无论是在困难时期还是在盈利时期，都是产业政策的坚决执行者，所以，国有企业要对重要经济领域有控制力；第三，国有企业是特定的产品和服务的提供者，这些产品和服务的特性是外部性、关系到国计民生、有自然垄断特色、关系到国家安全等。保证这些产品与服务的稳定产出是国有企业的重要使命，是保证社会经济稳定发展的重要基础。我国国有企业的特殊功能是研究国有企业产权问题的重要因素。

企业产权制度决定企业产权的模式，而产权多元化是国有企业产权制度改革的方向，这也是国有企业建立现代企业制度的核心。我国实行的是以公有制为主体、多种经济成分共同发展的经济制度，国有企业产权流动必然也与其他所有制企业发生关系；同时，在经济开放和经济全球化条件下，国有企业必然要与外国企业发生产权关系。因此，对国有企业产权重组模式设计的理论，不可避免地要涉及多种所有制的企业。在研究国有企业产权重组时，以公有制为基础的马克思主义产权理论是基础，同时也需借鉴西方产权理论。

我们在研究国有企业产权重组问题上的产权，首先是以重组对象对重组企业的价值作为企业重组的出发点，或者从企业作为出资人投资的角度进行的。对国有企业产权重组，出资人可能是具有其他的法人地位的国有企业，也可能是其他所有制的企业，而由不同出资人构成的企业的产权组合，就是产权重组。在此基础上不同所有制企业（或个人）作为出资人并行使出资人权利时，各自将发挥不同的作用，产生不同的效能。从国有企业的形式看，根据《企业法》和《公司法》规定，以国家作为单一出资人的国有企业，只在国有独资企业存在；国有独资公司，则是由多个国有企业作为出资人构成产权主体；国有控股公司（或企业），大多是多种所有制企业（或个人）作为出资人或股东。然而，在大型企业中，企业财产所有权与占有权、经营权分离，同时财产所有权较为分散，在这种情况下即使产权量化到了个人，其权力和作用有限，然而如果作为企业出资人或股东的一方是企业法人，其作用远远大于个人，作为国有控股公司，必须在国有企业处于绝对或相对控股地位。

单个产权重组表现为某项财产的一组权利或产权份额在不同的产权主体之间进行的重新组合。国有企业改革的方向是建立现代企业制度，即股份公司和有限责任公司，并鼓励发展由个体民营经济、外资参股的混合所有制企业。国有企业的产权重组可以发生在多种主体之间：中央企业之间、中央企业和地方企业之间、国有企业和民营企业之间、国有企业与外资企业之间。据此并结合中央企业的发展状况和上述理论分析，中央企业产权重组主要有三种模式，即国有独资模式、国有控股模式、国有参股模式。

二、国有企业在不同市场结构下的效率与问题

国有企业特别是中央企业大多数集中在寡头与竞争性行业，一部分处在垄断行业。不同市场结构下国有企业的问题具有不同的表现特征，也具有不同的意义。

（一）竞争性行业市场结构国有企业的问题

竞争性行业的一般特征是该行业的产品与服务的供给与需要对价格非常敏感，在竞争性行业中保留国有企业是用国有企业的形式影响价格，以影响国民经济中相应的产品与服务的生产与消费。存在国有企业的竞争性产业主要包括旅游业、房地产开发业、技术服务业、普通设备制造业、医药制造业、土木工程建筑业、食品业、商业经纪与代理业、农牧渔业、交通运输设备制造业等行业。

在竞争性行业中的国有企业的主要问题是一般规模偏小，效益不佳，同一行业的中央企业之间、中央企业与同行业的地方国有企业之间、中央和地方国有企业与同行业的其他所有制企业之间的矛盾比较突出。而在一些提供国民经济重要产品产业中，国有企业缺乏控制力对这些重要

产品的提供不利，有必要通过资产的战略性重组提高其市场集中度。但这绝不意味着在各个竞争领域都要提高集中度，相反在多数竞争领域，国有经济要实行战略性退出或转移。

（二）寡头市场结构下国有企业的问题

在寡头市场结构中的国有企业，对国民经济相应领域中的产品与服务的数量以及价格的影响力都比较大。处于寡头市场结构中的国有企业主要在军工业、邮电通讯业、航空运输业、专业设备制造业、电力行业、煤炭采选业等。在这样的行业中的国有企业的主要问题，是价格联盟之类的串谋以影响社会福利的水平的问题。在产权结构方面，即使是已经股份制改革的国有企业也是普遍存在国有股一股独大现象。据统计，上市公司中第一股东为国家持股的公司，占全部公司总数的65%。

（三）垄断市场结构下国有企业的问题

处于垄断市场结构中的国有企业特别是中央企业是某种产品与服务的国内的惟一的提供者，它们一方面决定了国民经济中某一产品与服务的全部数量，同时，又以其对数量的决定权来决定产品的价格。这些企业的福利影响无论是在实践上还是在理论上都一直受到严重关注。并且，作为国有企业，它们控制的是对国民经济有重要影响的产品，它们的竞争力往往是我国在某一产业中国际竞争力的代表，所以更是具有举足轻重的地位。处于垄断中的行业主要有石油和天然气开采业、石油加工及炼焦业、食用盐、远洋运输等行业。我国国有企业垄断经营比例较高。据“2005年中国500强排行榜”表明，500强企业中垄断行业的企业占据主导地位，排在前

8位的都是垄断行业的中央企业，而世界企业500强排头兵都是竞争性行业的企业①。在垄断行业中，存在产出偏小和不能满足社会经济需要，价格偏高或者偏低，社会资本难以进入、行业技术进步缓慢等典型问题。

三、不同产业领域国有企业产权重组模式的选择

总体上看，我国国有企业重组要符合国有企业分布的内在要求和发展的规律性。而中央企业在国民经济产业的分布规律，是由中央企业在国民经济中的作用与效率决定的。我国目前的发展阶段还处于工业化进程的中期，西方发达国家已经进入后工业化时期。中国经济制度与西方发达国家也不同，公有制是我国经济的基础，西方国家经济运行的基础是私有企业。在我国，国有企业的作用要体现对国家经济的控制力和带动力。确定国有企业的分布也不能只考虑发挥国有企业的作用，而是要把国有企业放到整个国民经济和各种所有制企业之中，统筹分析各类企业的作用与效率，准确定位国有企业的分布。

根据对国有企业在国民经济中的作用与对市场效率的分析，从作用方面看，国有企业的作用体现在市场失灵的领域，市场作用越小，国有企业的作用应该越大；市场作用越大，国有企业的作用则越小，两者呈反方向对应关系。具体来讲，国有企业作用是按如下产业秩序呈递减态势：国家安全产业——自然垄断产业——重要的资源型产业——资源竞争性产业——一般的竞争性产业（见图1）。

① 《中国500强还需要提升竞争力》，《经济日报》，2005年8月23日。

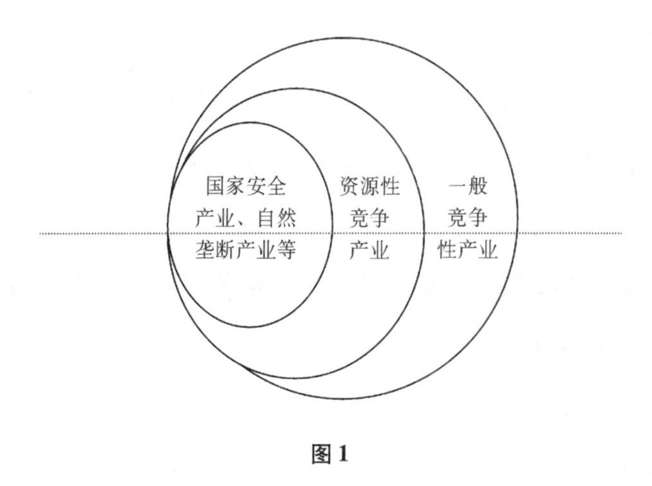

图1

考虑到国有企业布局的产业标准主要是依据市场与垄断的理论，为此采用以市场竞争程度为标准来分析国有企业在各产业中的布局并研究产权模式问题。

（一）涉及国家安全的产业领域

对一些关系国家主权安全和经济安全的产业领域，包括涉及重要国防军工、重大关键技术等产业，这类产业在各国都不可能是充分竞争的行业，具有较强的垄断特性，在我国应是国有企业产权控制的重点领域。在这一产业内，总体上由中央企业独资经营，有些可由地方国有企业参与，同时对一些涉及国家安全的非核心业务，主要指由其子企业承担的业务，也应允许外国资本和非公经济资本进入，适当竞争，发挥市场机制作用，但集团公司必须是独资公司。

（二）涉及自然垄断的产业

判断自然垄断产业的标准是，如果单一企业供应整个市场的成本小于多个企业分别生产的成本之和，则该产业就是自然垄断产业。自然垄断往往是与网络系统结合的，在网络业务的投资中，要求相当部分是沉淀成本，如果出现两家以上竞争投资，会使每家的网络系统不能得到充分利用，导致成本上升和效益的下降。这是由规模经济和范围经济要求所决定的，规模经济要求企业生产经营规模实现边际成本效益；范围经济则要求实现企业相关业务的一体化经营，以节约市场交易费用。因此，自然垄断行业一家经营比多家经营更有利于资源的优化配置。自然垄断的产业主要有：电信、电力、铁道、有线电视、供水、供暖、供天然气、邮政服务等。这些产业中，多数是由国有企业垄断经营，在产权结构上可采取国有控股模式个别采取独资模式。但是，自然垄断业务往往是经济垄断和行政垄断联系在一起的，在自然垄断企业经营范围中往往有一部分非自然垄断业务。随着市场经济的发育和成熟，对垄断产业的非自然垄断业务，也要引入或部分引入市场竞争的机制，并对其业务经营适当放开，由其他所有制形式的企业参与经营，从而提高效率，有效降低成本，带来更多的社会福利。

（三）涉及经营性垄断产业

这类产业主要是重要资源性产业和基础设施产业，其中，资源性产业是直接开采和加工自然资源的产业，包括采掘工业和原材料工业，例如：煤炭、石油、冶金和有色金属行业的开采与加工。基础设施产业包括交通产业、部分能源产业。这两类产业具有不可替代性和规模性，重要资源性产业除上述特性外，还具有稀缺性、延伸性（外在性）。因此该类产业具有垄断特征。国有企业在这两类产业中占有重要位置，但是国有企业在这类产业中并不要求独资，而是可以在不同产业中分别采取绝对控股和相对控股。

（四）涉及竞争性产业领域

包括制造业、加工业和服务业等。在制造业中，重大装备制造业和高技术产业，需要较大规模的组织生产，需要较高的技术水平和大量的资金投入，具有很高的规模性，这些产业领域对国有经济发展影响很大，在我国工业化发展现阶段，国有企业不仅要发挥重要作用，也具有引导社会资金技术投向、优化资源配置的功能。同时，这些领域在市场准入上也是向各类所有制企业放开的，特别是在我国目前制造业缺乏自主知识产权和创新能力弱的情况下，更有必要放宽市场准入，允许外国企业和民营资本投资。因此，国有企业可对少数重点行业根据情况选择采取控股或相对控股的模式。

对多数竞争性行业而言，国有企业可以参股或退出。我国是经济转轨的发展中国家，基于私营经济的规模和经济发展的要求，还不能够像某些市场经济发达国家一样国有经济完全退出竞争性的产业和领域，我国的国有经济在一些产业中还需要存续一段时间，但是国有企业在这些产业内的地位将从控制转变为参与的形式，以获得部分产业利润，促进国有资本的保值增值。另一方面，在不少竞争性产业领域，国有企业步履艰难只有靠引入其他所有制形式的战略投资者，使企业转换经营机制，走出困境。而国有资本对一些行业实行参股，也是实现提高国有经济的影响力途径。

国有企业重组的产权模式选择

国有企业改革的方向是建立现代企业制度，即股份公司和有限责任公司，并鼓励发展由个体民营经济、外资参股的混合所有制企业。根据这一原则，结合国有企业的发展状况和上述理论分析，国有企业产权重组主要有三种模式，即国有独资模式、国有控股模式、国有参股模式。

一、国有独资模式

国有独资模式是指政府或国有企业成为企业的惟一投资主体的国有企业重组模式。通过国有独资模式组建的国有企业有时又被称为政府企业或特殊法人企业。

不管是在国外国有企业还是在我国国有企业的进一步重组中，国有独资企业都是应该存在的，因为这种产权模式具有其特殊的经济意义。部分国有企业按照国有独资模式进行重组的主要原因有：

（一）按国有独资目标模式进行重组是提高国有经济控制力的需要

社会主义公有制的主体地位集中体现在国有经济控制国民经济命脉，

对经济发展起主导作用。国有企业都是大型或特大型国有企业，它们掌管着关系国民经济命脉的重要产业和关键领域，对国民经济起着举足轻重的作用。如果国有经济在这些产业或领域只是进入而不占据支配地位，那么国有经济对于这些产业将失去控制力，难以发挥对国民经济的主导作用。实践证明，只有国有经济在关系经济命脉的主要产业和关键领域占据支配地位，形成控制力，才会放大国有资本的功能，对整个国民经济具有影响力和带动力，更好地发挥作用。

（二）按国有独资目标模式进行重组是保障国家经济安全的需要

加快国有经济布局和结构调整，实现投资主体多元化，使股份制成为公有制的主要实现形式，这是一般产业和竞争性行业国有企业改革的方向。同时，由于部分基础性产业和部分垄断性产业具有与其他产业不同的特性，这些特性主要表现在以下两个方面：一是这些产业关系国民经济的命脉，涉及国家机密，关系国民经济的安全；二是其产品具有纯公共产品性质以及非国有经济成分不适宜参与。其中既有非国有经济的能力方面的问题，也有非国有经济愿意与不愿意参与的问题，从而导致非国有经济还不能参与。这就要求对这部分基础性产业和部分垄断性产业进行国有独资目标模式的企业重组，让它们执行政府任务，促进国民经济的布局和结构的调整，同时努力做大、做强这些国有企业。

（三）按国有独资目标模式进行重组是国有资产的资本属性的必然要求

在市场经济条件下，应更多的考虑国有资产的资本属性。国资委所行使的出资人职责，并不是对国有独资公司的所有权，而是对国有资本的所有权。国资委行使好出资人的职责，就是要将沉淀于生产领域的国有资产从单纯生产要素地位中解脱出来，赋予国有资产资本属性。通过市场化的价值运动，使国有资产的价值主体在实物资本形态和货币资本之间反复转换，在运动中实现国有资本的保值增值，从而有效地发挥国有资本对社会经济发展方向和产业结构调整的主导作用。对国有独资公司进行重组，从国有资本的角度来说，就是将国有资本投向更能体现国有资产价值、更能发挥国有资产作用的产业，保障国民经济平稳、健康、高速发展。

二、国有控股模式

在市场经济国家，国有独资企业很少，很多企业都采取国有控股的模式，这样既可以实现国有企业的功能，又有利于提高企业的效率，因为多元化的股权结构是提高国有企业效率的最根本途径。

国有控股的企业形式是现代公司制企业发展的结果，也是对国有资产管理体制的一种积极探索，它们构成了国有控股模式的经济基础。

（一）国有控股模式是国际市场激烈竞争的产物

国有控股模式就是要组建国有控股的公司。国有控股公司是介于政府与企业之间的一种特殊的资产经营组织。例如，政府为了控制战略性产业和为了创造良好的市场环境，政府出于增加就业和稳定经济等目的等等。但是，所有这些都直接与日趋加剧的国际市场竞争这一世界发展的重要特征有关。在各国经济互相渗透、竞争日趋激烈的环境中，落后国家为了维护本国利益，纷纷组织国有经济，并使之成为提高本国企业国际竞争力的中坚力量。随着国有经济规模的扩大，政府如何管理国有企业成为重要的现实问题，国有控股模式以及国有控股公司就是为了适应这一现实需要而产生的。

（二）国有控股模式产生的前提是现代企业制度的发展

现代企业制度的典型形式是股份制企业。股份制企业在世界各国的普遍发展，发达的股票交易市场的形成，以及相关法律的制定，使得国有控股模式的产生成为可能。

（三）国有控股模式是国有资产管理体制的一项重要探索

国有企业经济效益低、财政负担沉重，是世界各国政府面临的重要经济问题。建立国有控股公司对于解决这些问题起到了很好的作用。其主要表现为以下四个方面：一是有利于资源的优化配置。在股票市场机制比较健全的条件下，国家可以通过国有控股公司的股票买卖，较快地实现国有资产在不同产业之间的转移，从而实现资源的优化配置。二是有利于落实产业政策。国家可以根据产业政策的要求，通过国有控股公司的股权运作来支持重点产业或者企业的发展。三是有利于引导社会资本的流向。通过国有控股公司的股权运作，国家可以较少的资本投入控制较多的社会资本，从而实现引导社会资本的目标。四是有利于提高国有资本的运行效益。通过国有控股公司来使用新增加的国有资本，较之政府拨款方式会取得较多的资本经营效益。

为了实现国有经济控股的目的，在国有企业重组过程中具体可以采用注资、联合、兼并、收购和新设等方式。一些特大型企业可以组成“航母”模式或“旗舰”模式。

三、国有参股模式

国有参股模式是指国有企业以参股形式介入某一产业或企业，采取“搭便车”行为，不取得企业的控制权。我国是经济转轨的发展中国家，基于私营经济的规模和经济发展的要求，还不能够像某些市场经济发达国家一样，国有经济完全退出竞争性的产业和领域，我国的国有经济在这些产业中还需要存续一段时间，但是国有企业在这些产业内的地位将从控制转变为参与的形式，以获得部分产业利润，促进国有资本的保值增值。

具体来看，我国竞争性领域的国有企业采取参股模式的主要原因有：

（一）国有企业对部分行业的企业实行参股主要是出于“抓大放小”的战略考虑

在一些不需国有经济控制的产业收缩战线，将原来独资或控股的企业改为参股的形式，以集中力量提高在重要领域中国有经济的控制力。

众所周知，社会主义公有制的主体地位集中体现在国有经济控制国民经济命脉，对经济发展起主导作用。国有企业都是大型或特大型国有企业，它们掌握着关系国民经济命脉的重要产业和关键领域，对国民经济起着举足轻重的作用。如果国有经济在这些产业或领域只是进入而不占据支配地位，那么国有经济对于这些产业将失去控制力，难以发挥对国民经济的主导作用。实践证明，只有国有经济在关系经济命脉的主要产业和关键领域占据支配地位，形成控制力，才会放大国有资本的功能，对整个国民经济具有影响力和带动力，更好地发挥其作用。因此，只有对那些不具有市场竞争力的国有企业采用参股的模式进行重组，才能使得国有资本更多地投入到需要国有资本进行控制的产业和企业之中去，从而提高整个国有经济的控制力。

（二）国有企业的经营困境决定了国有资本参股的必要性

国有企业因其重要地位及重重困境，一直是我国经济体制改革的重点。从党的十一届三中全会以来，先后推行过扩大企业自主权、实行经济责任制等改革措施，但国有企业仍然存在效益低下、机制不活、冗员过多等问题。从根本上说，国有企业的这些问题是计划经济体制造成的。在计划经济时代，公有制经济（主要是国有经济）就是国民经济。国营企业不仅占据国民经济的重要产业，也分布在国民经济其他产业，国营企业有数量越来越多、规模越来越小的趋势。由于没有竞争对手，产、供、销由国家计划安排，国营企业缺乏竞争力、缺少危机感。党的十一届三中全会以后，多种经济成分开始出现。这些个体经济、民营经济一开始就是适应市场而出现的，因而内部管理机制灵活，适应市场的能力较强。相比之下，国有企业弊端很多，在不少领域，特别是竞争性领域，国有企业步履艰难。而现在非公有制经济已蓬勃发展，在社会经济中发挥着越来越重要的作用。因此，国有企业在市场竞争中如果不能优胜劣汰，就只能参股相应的领域或产业。而在一些行业引入其他所有制形式的战略投资者，国有资本实行参股，不仅可以使国有企业实现上述目标，还可以使企业转换经营机制，走出困境，并通过参股方式实现提高国有经济的影响力。

（三）“比重思维”观念的转变决定国有企业参股的可行性

以前，涉及到国有企业的改革，疑虑最多的是随着国有经济在国民经济中比重的降低，如何保持国有经济的主导地位。其实，既然公有化的程度并不取决于国家办有多少国有企业，政府控制多少国有资产，而取决于国家和社会是否合理、顺利地通过税收和二次分配等方式，在生产资料所有权领域采取符合社会化大生产要求的措施，对生产资料所有权进行处理。

四、国有企业重组的主要途径选择

国有参股目标模式主要存在于一些需要国有经济参股的产业，或者国有产权一次性转让有困难、国有经济不必急于退出（或退出的时机不合适）的产业中效益较好的大中型企业，以及其他经济成分中效益较好的企业。国有参股模式的重组方式主要有并购、股份制改造、出售部分国有产权、增资扩股吸引其他经济成分以降低国有产权比例、债务重组和购买其他经济成分企业的非国有产权等方式。

（一）股份制改造

国有资产参股主要是投资主体多元化。而股份制改造是盘活国有资本、促进投资主体多元化的主要途径，尤其适合于大中型国有企业。通过增量扩股或存量折股等方式将原企业转变成股份制公司。实行股份制后，参股国有资产可起到以小搏大的作用。同时，股份制也为优化公司治理结构奠定了基础，有助于私人资本与国有资本之间的互相制衡，提高整体效率。通过吸收民间资本实现投资主体多元化后，置换出的部分国有资产，以货币形式代替实物形式，可用于发展公共事业、基础产业及高新技术产业；还可用于解决地区发展失衡问题、贫困地区发展问题。

（二）出售部分国有产权

出售部分国有产权是指国有企业为了逐渐从所在的产业或企业中退出来，采取出售部分国有产权以吸引非国有成分进入国有企业，以达到国有企业股权多元化的目的。出售部分国有产权的方式是现阶段国有企业参股和国有企业实行股份制改造的主要方式之一。

（三）增资扩股吸引其他经济成分以降低国有产权比例

增资扩股是指已实行股份制改造的国有企业采取增股和配股的方式稀释企业原有的国有股份，以吸引其他经济成分进入该企业的股权结构中，从而达到股权进一步多元化的目的。增资扩股也是现阶段国有企业参股和国有企业实行股份制改造的主要方式之一。

（四）债务重组

债务重组是指债权人按照其与债务人达成的协议或法院的裁决同意债务人修改债务条件的事项。也就是说，只要修改了原定债务偿还条件的均属于债务重组。债务重组的方式主要有四种：一是以低于债务账面价值的现金清偿债务；二是以非现金资产清偿债务；三是债务转为资本；四是修改其他债务条件。其中前三种属于即期清偿债务，后一种属于延期清偿债务。国有企业实行债务重组后就能够降低国有股份的比重，从而达到国有参股的目的。

（五）购买其他经济成分企业的非国有产权

指政府或国有企业为了达到某种政治或经济目的而购买其他经济成分企业的非国有产权。在国有企业改革的过程当中，以这种方式实现国有参股的模式并不多见。

实现中央企业重组目标最大化的途径*

中央企业重组是中央企业通过兼并、收购、联合、改制、破产等途径，实现中央国有产权的流动、要素的再组合和资源的重新配置，改善中央国有资本的配置结构和中央企业的组织结构，使中央国有资本在国民经济中发挥应有的作用。实施中央企业重组的目标是：有利提高国有经济的控制力和带动作用，实现国有资产的保值增值，有利于国有企业战略布局调整，有利于深化企业产权制度改革，还要提高中央企业的国际竞争力，取得重组的规模效益目标。因此，中央企业重组不仅具有微观的效率目标，而且在中观和宏观层次上也具有重要的意义。要实现中央企业重组目标的最大化，就必须对中央企业重组在产权、产业结构和组织结构三个层次上有所作为。

一、产权重组是深化中央企业现代企业制度，完善经营管理机制的关键环节

产权多元化是国有企业产权制度改革的方向，也是中央企业建立现

* 原载于《光明日报》2006年5月29日“理论与实践”版。

代企业制度的核心，企业产权制度决定企业产权的模式。产权重组是实现国有企业产权多元化的重要途径。中央企业的产权重组可以发生在多种主体之间：中央企业之间、中央企业和地方企业之间、中央企业和民营企业之间、中央企业与外资企业之间。多次产权重组的组合可以优化国家（或地区）产权结构，即在中央企业重组微观效率目标实现的同时，还具有更高层次的意义。

中央企业是我国国有企业的重要组成部分，它具有区别于非中央企业的独特属性，主要表现为：第一，中央企业作为国有企业的一个重要组成部分，是我国社会主义这一根本制度的重要经济载体，是一种宏观的生产组织形式，是国家财政的可靠来源；第二，中央企业是政府干预经济的一种工具，它们无论是在困难时期还是在盈利时期，都是产业政策的坚决执行者；第三，中央企业是特定的产品和服务的提供者，这些产品和服务的特性是外部性、关系到国计民生、有自然垄断特色、关系到国家安全等。保证这些产品与服务的稳定产出是中央企业的重要使命，是保证社会经济稳定发展的重要基础。结合中央企业的上述特性分析，中央企业产权重组主要有三种模式，即国有独资模式、国有控股模式、国有参股模式。

中央企业产权经营方式选择是产权重组的重要途径。产权经营是以产权为交易对象进行的一种市场经营活动，其特征是通过市场机制实现产权权利的转让。公有产权从原来的企业形态中退出来，并非就此消失，而是在新的领域中以新的形态存在，以实现资产的保值增值、壮大公有制经济的整体实力。中央企业产权经营方式包括租赁、联合、兼并、收购、拍卖、股份制等等。通过产权经营，实现产权在企业之间的转移，从而使得生产经营资源在企业之间进行组合和优化配置。

中央企业产权经营必须具备一定的客观条件：1. 产权明晰化，这是产权经营的首要条件；2. 健全的产权市场，这是产权经营的必要条件；3. 资产评估，这是产权经营的基础性环节；4. 完善的法律法规，这是产权经营的基本保证。新的国有资产管理体制明确了中央企业的所有权和出资人，并逐步完善产权交易市场、交易程序和相关的法律规范，为中央企业重组的顺利进行创造了条件。

二、产业结构重组是优化中央企业布局、增强国有经济控制力和带动力的重要措施

产业结构重组是指优化调整中央国有资本投资领域。当前，我国中央国有资产涉及的领域过于分散，中央企业在很多产业内的规模经济较低。总体上看，中央企业重组要符合中央企业分布的内在要求和发展的规律性。而中央企业在国民经济产业的分布规律，是由中央企业在国民经济中的作用与效率决定的，主要体现在对国家经济的控制力和带动力上。确定中央企业的分布也不能只考虑发挥中央企业的作用，而是要把中央企业放到整个国民经济和各种所有制企业之中，统筹分析各类企业的作用与效率，准确定位中央企业的分布。

根据对中央企业在国民经济中的作用与对市场效率的分析，从作用方面看，中央企业的作用体现在市场失灵的领域。市场作用越小，中央企业的作用应该越大；市场作用越大，中央企业的作用则越小，两者呈反方向对应关系。考虑到中央企业布局的产业标准主要是依据市场与垄

断的理论，为此采用以市场竞争程度为标准来分析中央企业在各产业中的布局。1. 对一些关系国家主权安全和经济安全的产业领域，总体上由中央企业独资经营，有些可由地方国有企业参与，同时对一些涉及国家安全的非核心业务，主要指由其子企业承担的业务，也应允许外国资本和非公经济资本进入，适当竞争，发挥市场机制作用。2. 涉及自然垄断的产业，自然垄断往往是与网络系统结合的，在网络业务的投资中，要求相当部分是沉淀成本，如果出现两家以上竞争投资，会使每家的网络系统不能得到充分利用，导致成本上升和效益的下降。自然垄断行业一家经营比多家经营更有利于资源的优化配置。但随着市场经济的发育和成熟，对垄断产业的非自然垄断业务，也要引入或部分引入市场竞争机制，以带来更多的社会福利。3. 涉及经营性垄断产业，主要是重要资源性产业和基础设施产业，其中，重要资源性产业除上述特性外，还具有稀缺性、延伸性（外在性）。因此该类产业具有垄断特征。中央企业在这两类产业中占有重要位置，在不同产业中分别采取绝对控股和相对控股。4. 涉及竞争性产业领域，包括制造业、加工业和服务业等。这些产业在市场准入上是向各类所有制企业放开的。因此，中央企业是作为市场主体参与竞争。除重大装备业控股外，多数情况是参股或退出的。

三、企业组织结构重组是做强做大中央企业、提高企业竞争力的重要途径

企业组织结构重组是在产业结构重组的基础上，对特定产业内中央企业的数量、规模结构进行优化，这是中央企业战略性重组的第三个层

次。对企业组织结构进行重组，必须判明当前的产业绩效，包括产业的规模结构、利润率、供给和需求的匹配状况、技术创新程度和技术水平等多个方面。由于中央企业是大型或者特大型企业，所以形成合理的产业规模结构具有重要意义。中央企业在特定产业内的数量并不是越多越好，这样必然造成中央企业市场竞争内部化。目前，国务院国资委已确定中央企业重组的数量目标为：80—100 家左右的具有国际竞争力或在国内本领域排名为前列的企业。为实现这一目标，中央企业可以采取以下重组途径。

（一）通过横向重组实现规模经济效应

企业横向重组的目的是通过对相同或相似产品生产企业的并购，快速扩大本企业的生产能力和销售量，提高行业集中度，保持企业在同行业的市场控制力。实现中央企业的规模化发展，是实现我国经济增长方式转变的需要，也是企业提高内在素质、增强国际竞争力的客观要求。

（二）通过纵向重组降低交易成本

对同本企业生产紧密相关的生产、研发、营销企业实行并购，形成纵向生产一体化，这样不仅可以降低企业交易费用，还可增强企业的研发能力，并在对产品进行深度加工中产生更多的附加值，提高产品的竞争力。但是，一体化经营也将产生一些负面问题：如产生内部管理费用的增加，当企业内部管理费的增加额与市场交易费用的节约数量相同，由重组带来的边际效益为零：不能发挥市场配置资源的作用，影响了企业资源配的效率。

（三）通过混合重组规避经营风险

混合重组是由两个或两个以上的相互没有直接投入产出关系的企业之间发生兼并重组的行为，兼并方与被兼并方不是同行业，也不存在产品上下游的关联，而是来自不同行业的两个或多个不同领域的市场主体。这种重组主要有三种：一是为了规避企业主营业务在本行业中存在的投资风险；二是为了实施产业的战略转移，并在新的领域求得新的发展；三是追求利润的最大化，使企业在平均利润率更高的行业求得高额的利润回报。但是混合重组的缺陷是不能给企业在市场中带来新的竞争优势，因此混合投资在资本市场上没有产生新的经济效益；在混合重组中只有一般管理能力的转移，因此其管理协同效应是有限的。

中央企业重组的目标和运行机制研究*

一、中央企业战略性重组的目标

中央企业重组是通过微观的企业产权重组实现中央国有经济产业布局优化，从而提高其控制力、影响力和带动力。具体可以将中央企业重组的目标分为宏观和微观两个层次。

（一）中央企业战略性重组的宏观目标

中央企业战略性重组是国有经济战略布局调整的一个重要组成部分，包括所有制布局、产业布局等方面。中央企业战略性重组的所有制布局主要是中央企业多元化产权主体的构建。产业布局的调整是指中央企业群作为一个整体在国民经济各产业领域的分布的调整，在需要保留中央企业的产业领域，将通过中央企业战略性重组来实现中央企业以市场机

* 原载于中国行政管理学会主办《中国行政管理》2006 年第 6 期。

制对这些产业领域的控制。因此，通过所有制和产业布局的合理化提高中央国有经济合理化是中央企业重组的宏观目标。

1. 促进中央企业布局的战略性调整和结构调整，提高国有经济的控制力和带动作用。随着我国继续积极推进国有经济战略性调整和国有企业战略性改组，国有企业的数量绝对值和相对比重将继续下降，国有经济占整个国民经济中的比重还将继续下降。在未来的经济发展中，我国国有经济在国民经济中的主导作用更多地体现在对国民经济的控制力上。根据中国共产党十六届三中全会完善社会主义市场经济体制的要求，国有经济关键要在以下几个领域有控制力：一是关系国家安全和国民经济命脉的重要行业和关键领域，如军事工业、粮食储备、棉花储备、基础原材料等；二是自然垄断性行业，如邮政通信、交通运输业、电网等；三是提供公共产品和服务的行业，如大型基础设施建设、金融等；四是重要资源行业以及支柱产业和高新技术产业中的骨干企业，如能源、生物技术、电子技术和航天技术等高新技术产业等。从我国改革开放20多年的经验看，国有经济的控制力强弱和国有企业数量多少有一定的关系，但更重要的是与国有企业的运行质量高低有关。作为大型企业，中央企业是先进生产力的代表，是国家经济实力的基础，也是产业技术进步的策源地，是现代化管理的推进者，还是政府进行宏观调控的依托。中央企业的质量高低，将在很大程度上影响到我国国有经济的控制力。为此，中央企业战略性重组，一方面收缩战线、集中力量在以上四个领域把企业搞好；另一方面作为各行业领域的骨干企业，要通过重组剥离不良资产和非经营性资产，提高企业的运行质量。

2. 提高国有资产整体质量，增强国有资产保值增值能力。中央企业的质量高低，将很大程度影响到我国国有经济的前景。从总体上看，中央企业的经营能力是比较强的，但是各企业也是参差不齐，综合评价中央企业现状，约有 1/3 的企业具有较高的素质和盈利能力，这些企业大多数是自然垄断和行政垄断的行业，或者享有政策支持的企业，如石油、电信等；约有 1/3 的企业素质处于中等水平，这部分企业大多数是竞争性行业或不完全竞争性的行业，这类企业经过改制重组，可以成为具有较强竞争力的企业；还有 1/3 是属于产品无市场需求，扭亏无望，或资源枯竭型企业，对这些企业要采取措施逐步退出或者重组，剥离不良资产和非经营性资产，提高企业的运行质量。中央企业在不同产业领域有不同的目标。在盈利性产业领域，和一般企业一样，实现资产保值增值是国有企业的基本目标。中央企业进行重组，就是要确保国有资产的保值增值能力的提高。体现在两个方面：一方面体现在国有资产质量的提高，包括企业不良债务减少、不良资产剥离、企业负担减轻等；另一方面则是中央企业资本总量要有增长，这不仅是中央企业支持国民经济发展的需要，中央企业资本总量与中央企业对国民经济的影响控制力是成正比例关系的，中央企业总量大，对国民经济控制力就大，反之就小。但是中央企业资本总量不是越大越好，而是区别不同行业对企业提出不同要求。

（二）中央企业战略性重组的微观目标

我国进行市场经济体制改革的目标之一是实现国有经济和市场经济体制相兼容。因此，中央企业要通过重组形成规范的公司制形式，而作为中央企业的特征和功能还应该继续保持和突出，从而提高中央企业的国际竞争力。这些就构成了我国中央企业重组的微观目标。

1. 提高中央企业的国际竞争力。如果说提高控制力是国家兴办国有经济的基本出发点，国有资产保值增值目标则是提高控制力的保障，而竞争力的提高是实现国有经济保值增值、促使国有经济可持续发展的保证。鉴于中央企业往往在所处领域具有控制、垄断地位，要么没有同行业其他类型的企业与之比较，要么在资产、技术、市场占有率上绝对领先于国内其他企业，所以，必须用国际比较即国际竞争力来衡量中央企业的竞争力状况。国际市场竞争在很大程度上是企业实力的竞争，主要体现在企业规模、技术创新能力等方面。随着经济全球化不断加快，我国企业走向国际市场的机会不断增加。目前我国正实施“走出去”战略，中央企业是各行业领域的骨干企业，是参与国际竞争的主要力量。但与世界大型跨国公司相比，无论是企业资产规模、销售额、技术创新能力，还是企业制度和管理水平都有很大差距。中央企业要通过重组，收缩战线，扶持重点，培育出一批具有国际竞争力的国有大企业和企业集团。要通过重组，在5年内，保留80—100家大型企业集团，在其中培育具有国际竞争力的大型企业集团30—50家，并且在相关行业中各中央企业（集团）的资产、销售总额等方面的指标要在国内市场稳居前三名；要用5—10年的时间，争取有30家企业进入世界500强。

2. 促进中央企业的现代企业制度建设。建立规范的现代企业制度是中央企业改革的目标方向，而通过中央企业产权重组，优化产权结构，并建立相应公司治理结构，是实现现代企业制度的核心。因为，企业产权结构决定企业的性质和形式，决定了企业的运行方式和经济效率，而产权结构只有在明晰的状态下，并落实到具体法人或自然人，才能使企业实现产权结构效率目标。在市场经济条件下，要适应经济市场化不断发展的趋势，进一步增强公有经济的活力，大力发展国有资本、集体资本和非公有资本等参股的混合所有制经济，使股份制成为公有制的主要实现形式。中央企业的产权模式在不同的市场类型是不同的，在竞争型市场，对需要保留的国有资本的领域，可以实行相对控股；在国有垄断领域可以实行绝对控股。对一般竞争领域，国有企业可以通过重组和结构调整，发展多种形式的混合所有制，在市场中优胜劣汰，提高中央企业的竞争力。提高中央企业竞争力包括两个方面目标：一是在国内市场的竞争力。随着我国市场经济的日益发展，国有企业在国内市场要受到非国有经济的挑战。实现可持续发展，提高国内市场的竞争力是中央企业重组的主要目标。我国中央企业大多数是在传统体制下形成的，虽然经过多年的改革，但大多数企业制度还不完善。而其他企业特别是非公有企业是在市场竞争中成长起来的，企业制度相对比较完善，对市场的适应能力强。要通过企业重组，建立健全现代企业制度，提高中央企业的市场适应能力，进一步提高企业的市场竞争力。二是在国际市场的竞争力。国际市场竞争很大程度是企业实力的竞争，主要体现在企业规模、技术创新能力等方面。中央企业要通过重组，收缩战线，扶持重点，培育出一批具有国际竞争力的国有大企业和企业集团。

二、中央企业重组的运行机制

中央企业重组的运行是通过市场机制与行使中央企业出资人的机构共同实施的。我国国有资产管理体制改革后，国资委是代表国家行使国有资产出资人的权利的机构。在国有资产所有权与经营权分离的条件下，国有资产可视为一个所有者和多个经营者，国资委行使出资人权利时，有权对所管国有企业之间的产权进行重组。而对中央企业与非中央企业，特别是非国企进行产权重组，是通过市场，以企业并购的方式进行，也就是说这种重组是通过市场运行的，即由一家企业通过一定的代价和成本取得一家或几家企业产权；而中央企业内部重组，无论是吸收重组，还是新设重组，都是通过非产权交易来实现的，目前已有几十家中央企业以非产权方式实现重组。另一方面，为了有效实施中央企业重组，必须设计合理的政府—市场—企业相关联的中央企业重组机制。

（一）新型国有资产管理体制是中央企业重组的体制保障

我国国有资产由全体公民所有，政府代表人民进行管理。因此，政府在国民经济管理中实际是双重角色：一是全社会经济管理者，从这个角度讲，它面向所有的企业；二是国有资产的代理所有者。国有资产管理体制也经历了国家集中统一所有和管理，国家统一所有、分级监管，直到 2002 年确立国家统一所有、中央和地方政府分别行使出资人职责的新型国有资产管理体制的演变过程。在原有的国有资产管理体制下，国有资产产权主体不明确，中央和地方国有产权界限模糊，造成了国有资产流动困难，国有企业的联合、兼并、分立、拍卖、破产等产权流动机制无法有效运转起来，国有资产的战略性重组和布局调整难以顺利进行。针对这些情况，产权制度改革要明确国有产权主体，建立统一的国有资产管理机构；要妥善解决中央和地方的国有产权归属问题，坚持国家统一所有、分级行使出资人职责的原则。在新的国有资产管理体制下，政府的两重角色已经分开，原先由政府多个部门扮演的国有资产所有者的角色交给一个部门去专门扮演，这个部门就是国有资产监督管理部门。这样，政府经济管理部门就分成了两大类：一类是面向全社会实施宏观经济调控的部门，另一类是对国有企业或企业中的国有资产履行国有资产出资人职责的部门。社会经济管理部门不履行国有资产出资人职责。同时，由各级政府实施具体的监督管理，各级政府对其监督管理的资产享有资产收益权、处分权和选派管理者等项权力。这种管理体制实质上是承认各级政府对其监管的国有资产拥有准所有权。新的国有资本资产管理体制还促进国有资产所有权与国有资产资本经营权的分离，即解决国有资产的授权经营问题。国有资产的资本经营权与企业法人财产权的分离也在新的国有资产管理体制中得以实现。这样，国有产权明晰就从制度上得到了保障。

对中央企业重组的决策机制，一般企业重组的决策主体是不存在争议的，就是企业的所有者。但是，由于中央企业资产是归全民所有的，所以它只有一个出资人的代表机构，即国有资产监督管理委员会。由国资委以出资人的身份直接主导中央企业战略性重组的合理性主要表现在：明确国资委是中央企业战略性重组的决策主体符合国有资产的性质与国资委的职能定位，也符合公司法的有关规定，而且，由国资委履行的出资人职能与国有资产的政治和市场属性相称。同时，国务院国资委作为决策主体能够从更高层面上把握中央企业的重组工作。作为中央企业战略性重组的决策主体，国务院国资委已明确重组决策的深度与广度，加强决策能力的支撑体系建设，并建立一整套完善的决策工作程序。同时，对在重组过程中出现的资产流动、债务处理、职工安置、重组评价、推进机制等普遍性问题建立科学合理、符合中国实际的操作规则。

（二）中央企业重组的实施机制

中央企业战略性重组的实施机制是影响中央企业战略性重组成效的又一个重要问题。这个实施机制必须做到：第一，保持国资委对中央企业战略性重组的有效监管；第二，能够体现国资委作为出资人的意志在中央企业战略性重组中得到贯彻；第三，在保证中央企业战略性重组的目标实现的同时，使重组的实施过程与现有的中央企业运行和监管机制相容；第四，实现现有的中央企业群体向未来的中央企业群体平衡过渡。

中央企业战略性重组的基本方式是建立对中央企业资产进行专业化经营管理的资产经营公司。这样的公司与现有的中央企业管理体制相衔接，可以形成一个国资委与中央企业间的一个中间层次。这个中间层的作用是将国资委的出资人代表与国有资产的经营管理者这两个角色分开。这个中间层不但可以方便地以市场机制对中央企业进行管理，并且在中央企业的战略性重组中可以与现有的机制相衔接，避免重大的震荡，较好地完成中央企业的战略性重组。根据这种中间层次作用的不同，可以分为资产托管公司和资产重组经营公司两种。一是资产托管公司。资产托管公司专门经营需要退出的中央企业资产，包括行业选择中要退出的，企业经营不善要退出的，辅助性业务要剥离的。因为中央企业在长期的经营过程中累积了巨大的影响力，这种资产托管公司还要处理由中央企业战略性重组中出现的人员、业务等方面的政治经济影响。例如可以建立一个专门的外贸资产托管公司，负责将中央企业中的外贸企业从中央企业队伍中退出进行战略性重组工作。二是资产重组经营公司。这是对中央企业控制的产业实施重组工作而成立的。这是针对中央企业分布面较宽、主业不突出、资金技术分散的情况，对中央企业的资源进行优化和整合，以进一步提高企业集中度，需要采取兼并、联合等主要重组方式。为此，可以选取一家或几家为基础成立资产重组经营公司，来具体运作产业内部的重组工作。

（三）中央企业战略性重组的市场机制

中央企业重组的市场化实现形式，实质上是指中央企业通过产权交易机构，或采用公开重组信息、以招标等市场行为方式来选择重组对象和实施重组。这一过程是按照价值规律和竞争机制进行的。虽然中央企业重组中，为了提高重组的效率和实现重组的目标，对于中央企业之间的重组由国资委决策，但是这与中央企业重组市场化要求并不是矛盾的。首先，中央企业之间的重组是在市场经济的体制和机制框架下，国资委对所履行出资人职能的企业进行重组活动要遵循市场经济条件的一般规律，即产权、经营权交换过程中必须遵循的一般要求。其次，绝大部分的中央企业重组活动将发生在中央企业和地方政府之间以及中央企业和非国有资本之间，包括我国的民营资本和外资资本。因此，大量的中央企业重组要通过市场机制来完成，这不仅规范中央企业的重组过程，而且将促进中央国有资本和市场经济的兼容性。中央企业重组的市场化实现形式有以下几个方面内容：

一是企业重组过程中的产权交易行为应该在产权交易市场进行。实现中央企业重组有三种途径，第一种是按出资人所应有的权利，由国资委对所行使出资人权利的企业进行重组，即国资委在重组企业自愿的基础上提出重组意见，报国有资产所有者——国务院审批，在符合市场要求下运行。第二种是通过有形的产权交易市场进行企业重组活动。当前在各地已经建立了产权交易市场，国资委规定国有产权必须进场交易。第三种是通过证券市场的股票买卖进行企业重组、兼并。

二是利用产权市场发现和形成国有资本的价格。市场机制是发现和形成商品价格的最基本、最便捷的手段，市场经济也是我国经济体制改革的方向。利用产权市场发现和形成国有资本的价格，其含义包括两个方面：一是中央企业在重组过程中，要对企业重组资产进行评估，包括企业的有形资产和无形资产，而这些有形和无形资产的价值都是受市场影响的。二是中央企业资产的产权交易是一种市场行为，市场是左右市场交易价格的决定性因素。资产评估的价格并不是交易的实际价格，交易的实际价格受市场供求的影响，交易的实际价格可以高于评估价，也可能出现低于评估价的情况。

三是通过市场机制发现中央企业重组的目标企业。在新的国有资产管理体制下，符合国家关于国有企业重组的相关法律法规，中央企业的重组行为就不再需要行政性审批，而是一种市场化行为，可以按照市场原则（成本收益原则）来寻找和决定中央企业的重组目标企业，由行使出资人权利的机构审批，最终审批机为国务院，因为国有企业产权为国务院所有。

四是根据市场原则处理中央企业重组中发生的成本。在原有体制下，包括中央企业的国有企业不仅具有提高经营效率的经济职能，还包括了很多社会职能。随着中央企业重组的逐步深入，其社会职能也会进一步剥离，就更有利于中央企业提高其社会效率。在中央企业的重组过程中，关于职工安置等发生的成本，要根据市场原则来处理，国家也已经在职工安置、税收等方面出台相应的优惠政策促进中央企业重组。

政府对国有企业战略性重组的规制

国有企业是我国国有经济的主体，其分布领域涵盖了关系国家安全、基础设施和高新技术等产业，其规模和效率对于我国整体经济的运营和发展具有重要的意义。因此，基于其在我国经济中的特殊地位，和普通的市场化企业相比，国有企业重组的规制含义将更加广泛。

一、国有企业战略性重组规制的经济分析

规制经济学（Economics of Regulation）是20世纪70年代以后逐步发展起来的一门新兴学科，是“政府为实现某些社会经济目标而对市场经济中的经济主体作出的各种直接的和间接的具有法律约束力或准法律约束力的限制、约束、规范，以及由此引出的政府或社会为督促产业经济主体活动符合这些限制、约束、规范而采取的行动和措施。”[①] 政府规制是指政府通过支持、许可或禁止、限制等手段，对企业的产品价格、

① 苏东水主编：《产业经济学》，高等教育出版社2003年版，第384页。

销售等生产经营活动进行控制或产生影响。从规制理论发展的过程看，早期的规制经济研究一般将重点放在具有自然垄断特征的公共产业方面。后来逐步发展了社会性规制和反垄断规制，其中针对企业重组的以反垄断规制为主①。经济性规制的主要对象是自然垄断领域（其典型的产业包括有线通信、电力、铁路运输、管道燃气和自来水供应等具有物理网络的自然垄断性产业）和存在严重信息不对称的领域（主要是金融保险业）。社会性规制的研究领域主要包括卫生健康、安全和环境保护，外部性理论和信息不对称是社会性规制的基本理论。反垄断性管制具有相对的独立性，其主要研究对象是垄断企业，特别是垄断行为，旨在保护社会公平竞争，维护市场竞争机制的正常运行。

西方发达国家通常是基于企业重组可能造成垄断行为而进行规制的，因此它们以《反垄断法》或者《竞争法》作为规制的依据。但是，由于国有企业战略性重组的特殊目标和意义，加之我国的市场经济条件，国有企业战略性重组规制将存在更广泛的基础和多样化的目标。

（一）企业重组规制的经济学基础

根据西方经济理论，政府规制的依据是市场失灵，即单纯由市场来调节经济必然会出现低效率的现象，或者是社会资源不能得到有效的配置，需要政府进行适当的干预。企业重组既有优化组织结构增加效率的正面效果，也可能产生影响市场组织结果和反竞争的负面效果，有些企

---

① 王俊豪：《政府管制经济学导论》，商务印书馆 2001 年版（在该书中的“管制”即为本文中的“规制”，其含义相同）。

业通过重组在市场上形成垄断力量，最终会削弱竞争，降低经济整体的效率。因为通过企业的重组行为，通常会提高市场集中度，根据传统产业经济理论的“s—c—p”框架①，就会降低市场竞争效率，这也成为很多市场经济国家早期反垄断规制的经济基础。但是，后来随着产业经济理论的发展，很多经济学家逐步提出，企业绩效提高不一定来自于其市场集中度的提高和垄断行为，其中以“芝加哥学派”为代表②。但是，由于市场效率的原因很难区分其各种产生原因，很多国家在进行反垄断规制时还是以市场结构为主要决策依据。因此，市场经济国家政府在支持企业重组提高效率的同时，通过《反垄断法》或者《竞争法》来约束企业的重组行为，减少重组可能造成的负面效应。

我国国有企业重组也同样会面临负面效应问题，因此，政府规制是防止和弱化重组负面效应的要求，这是国有企业重组和一般意义上企业重组的共性特征。同时，国有企业又具有自己特殊的身份，它们在我国经济发展中具有重要的地位，并且将长期起到重要的作用。因此，就需要通过重组实现一定的目标，即优化国有经济的布局，控制主导行业等，这也是我国当前产业政策的内容。同时，政府作为国有经济的代理人，具有保证国有资产保值增值的责任，在国有企业重组过程中，就表现为确保国有产权交易的公正性和经济性。而且，国有企业要从战略角度确保我国国民经济的安全，它们构成了国有企业重组规制的主要内容。

---

① 这是由美国的经济学家贝恩首次提出，其含义是市场结构决定市场行为，最终决定市场绩效，因此，如果企业重组提高了市场集中度，就会产生垄断行为，降低市场竞争效率。

② 该学派注重对企业行为和市场绩效的考察，认为市场绩效的提高可能来自于企业的规模经济和较强的创新能力，而不是凭借其市场份额产生的垄断行为。

在这里需要特别说明的是，政府规制既不同于计划经济条件下的行政干预，也不同于政府对于经济的宏观调控。政府相关部门根据其自身的职责对国有企业进行直接管理活动称为行政管理，此时国有企业没有独立的法人权利。而政府规制是政府特定的部门依据法律条例，对作为法人主体的国有企业的某些经济行为实施的干预。两者的出发点和国有企业的在经济中角色均不相同。

政府规制和宏观调控都是政府经济职能中不可缺少的内在的组成部分。由于政府（公共机构）干预经济活动的广泛性，人们很容易将政府规制和政府对经济的宏观调控等同起来。和宏观调控相比，政府规制是战术性的，宏观调控是战略性的，前者是针对个体，后者是以整体国民经济为对象。

在政府和国有企业的关系上，既有间接的宏观调控，也有直接的微观规制。两者是互相补充、相辅相成的，也只有两者共同作用，才能有效解决市场失灵问题，提高市场运行效率。因而认为市场经济应由政府宏观管理、市场微观调节的观点显然是片面的。微观是宏观的基础，宏观管理要通过微观机制发挥作用。

（二）政府对国有企业战略性重组规制的目标

和市场化企业重组规制相同，国有企业重组规制同样存在促进市场竞争的目标，同时，由于国有企业重组具有重要战略意义，国有企业重组规制还具有保护或培育特定产业、维护所有者权益等目标。

1. 促进市场竞争效率。这是市场化企业重组规制的主要内容。因为企业重组会导致产业市场结构的变化和提高市场集中度，可能会产生垄断行为。国有企业重组目标之一是促进国有企业的规模经济和提高其国际竞争力，因此，在国有企业重组中也需要进行反垄断规制，即促进市场竞争效率。在发达市场经济国家，规制的依据是《反垄断法》或者《竞争法》为核心的法律体系，而我国当前这方面的法律制度建设滞后，因此需要对国有企业重组进行专门的规制，以促进市场竞争效率。

中国还没有专门的反垄断立法，有关垄断行为或限制性竞争行为的规定出现在若干部法律中，最重要的一部是1993年的《反不正当竞争法》[①]。但是其中很多内容是针对不正当竞争，而不是反垄断问题。其他还有一些法律规范对垄断问题进行了简单地规制，如《价格法》、《中华人民共和国招标投法》等，另外，有20多个地方机构出台了实施《反不正当竞争法》的条例或者办法。这些地方法规除了对《反不正当竞争法》进行细化解释外，还增加了一些新的规定，主要是有关固定价格、划分市场等卡特尔行为的规定[②]。

中国目前的反垄断立法不仅是分散的，而且在执行中也是多头负责。例如，《反不正当竞争法》的执行机构是县级以上工商行政管理部门，有关反不正当竞争的地方法规的执行机构是各地工商行政管理部门，而《价格法》的执行机构是物价主管部门[③]。由于这些法规对某些行为进行

---

① 该法于1993年9月2日通过，同年12月1日开始实施执行。

② 参见孔祥俊：《中国现行反垄断法理解与适用》，第15页，人民法院出版社2001年版。

③ 国务院《中华人民共和国电信条例》也涉及不正当竞争行为（第41、42条），但监督管理部门为国务院电信产业主管部门和省级电信管理机构（第3条），对于违法经营者可以责令改正、责令停业整顿以及罚款。如果行为也违反了《反不正当竞争法》，工商局是否有权干预？《反不正当竞争法》的效力要高于《电信条例》，因此，理论上来说工商局仍然有管理的权利。

了重复的规定，因此还出现同一类行为多头管理的现象。比如价格管理部门可以对固定价格行为和低价销售行为进行处罚，而工商行政部门依据《反不正当竞争法》或者有关地方法规也可以进行处罚。因此，可以说中国目前的反垄断立法缺乏系统性和成熟度。

由于我国目前的市场机制还不健全，市场环境不完善，企业经营不规范，很难像发达市场经济国家那样制定明确的重组标准。因此，要先明确基本原则，确定分析的程序和分析因素，规定审查程序和惩罚措施。同时，制定实施细则。在细则中明确可实施的具体标准，再根据执行的实践不断进行完善和补充。

2. 通过制定产业政策等保护或培育特定产业。从产业结构理论的角度来分析，我国的经济发展正处于工业化的加速时期，重化工业这样的产业将处于主导产业的地位。这些产业是规模经济非常显著的领域，它们的发展需要大量资本的集中投入。而我国的私人资本无论从总量上还是集中程度上讲，都无法在短期内承担起国民经济的主导作用。

国有资本由于其规模和运行的特点（能够迅速集中到一点），拥有支撑主导产业的优势，因而，国有企业还应该在这些主导产业中有所作为。从发达国家和一些新兴工业化国家的经验来看，既有国家强烈直接干预的经验，又有国家间接干预的做法，在我国当前的条件下，对于推进我国加速工业化进程，必然要有国有企业的积极作为。其原因如下：

首先，可以作为我国当前和今后一段时期主导产业的重化工业、非耐用消费品工业（也许纺织业和汽车工业也可以列入其中）等产业都是规模经济特别显著的领域。

其次，我国现阶段的工业化过程并不是单纯的工业化，而是工业化与市场化相结合的过程。在这个过程中，不但要实现产业结构的高级化和重型化，还要对私人资本进行培育，以扩大其规模，这就意味着目前正在加速的工业化进程很难由尚处于幼年的私人资本来做主导。

反观日本、韩国等国家在扶持主导产业和推进工业化方面的做法，我们发现，它们之所以可以对经济进行间接扶持，是因为它们当时都有一个力量雄厚、资本规模大的私人部门，而我国正好缺少这样的部门，并且正对其进行培育，因此，由于我国工业化进程的“市场化和工业化相结合”的特点，我们不能够主要依靠私人资本来加速当前的工业化，国家干预如果采取间接的方式，极有可能得不到相应的效果。而由于历史形成的国有企业在规模经济上的优势，决定了我国国有企业应该在主导产业中有所作为。

从实际经验看，日本经济在高速成长时期，制造业的出厂额和附加值中占比重最大的是中、小型企业，但是以主力军资格真正带动技术进步和结构高度化的还是大企业，65%的中、小型企业充当大企业和中坚企业的“下游企业”，在较低的层次进行技术革命；中小企业的经营环境也不稳定。

中国进入工业化中期以后，大型企业在增长和结构升级中的作用逐渐增强已经成为趋势，中、小企业在市场中的不利地位也日渐明显。由此可见，非国有经济产业组织规模水平较低，会使其在工业结构中较低的地位固定化，并会对其私营工业结构高度化的要求带来困难。

基于我国当前国有经济和民营经济的发展现状，为了促进我国经济的快速发展，在国有企业重组过程中，就需要通过制订相关的产业政策来集中国有经济的力量培育特定的产业，并对一些需要发展的产业实施保护措施。

3. 促进国有资产保值增值。国有企业重组是一个产权交易的过程，包括国有产权之间的交易（国有企业之间的兼并重组）、国有产权的民营化、民营资本参股国有企业和外资参与等。在法规健全的市场经济条件下，产权交易是通过市场机制完成的。但是，由于我国是一个转型的发展中国家，市场机制不完善，相关的法律制度也不健全，完全通过市场进行产权交易活动可能导致国有资产的流失，国有资产的所有者权益可能受到侵害，因此，需要对国有资产的交易进行规制，以确保国有资产的保值增值。

（三）国有企业战略性重组规制的原则

根据我国市场经济体制改革的方向，国有企业重组既是企业的重组活动，就应该遵循市场化企业重组规制的原则，同时还要体现国有企业的特征，才能够实现国有企业重组规制的目标。

1. 经济性原则。在市场经济中，价格机制是配置资源的有效手段，只有存在市场失灵或者其他事关国有经济资源的配置问题时，政府干预经济的职能才需要发挥作用。而且需要符合经济性原则。在我国经济体制改革的过程中，由于政府不能够根据经济性原则来干预经济，造成了很多的效率损失，如政府强制的“拉郎配”式的兼并，不仅不能够提高经济效率，还会导致国有资源的流失和浪费。

2. 间接性原则。我国政府在对待国有企业时具有双重身份，其一是作为经济管理者，管理整个国民经济。还有作为国有资产的代理人，行使所有者职能。在计划经济条件下，政府是通过直接干预国有企业的生产经济活动实现调节经济和管理国有资产的目标。在市场经济条件下，国有企业具有独立的法人地位，国家作为所有者，不应该直接干预企业的经营活动，而是通过股东大会等方式管理国有资产。对于国民经济的管理也需要借助于法律、法规等手段，实现国有企业重组的目标。

3. 公平性原则。这里的公平包括两层涵义，一是市场交易主体之间的公平，国有企业重组的过程涉及到各种所有制主体：国有、集体、民营、外国资本等，在市场上确保它们的公平交易地位，以促进我国市场化进程的深入。二是确保重组过程中员工之间的公平。从本质上来说，国有企业重组是各主体利益之间的调整。国有企业的一项重要职能是为员工提供保障，在国有企业重组过程中，需要根据社会公平性原则调整利益，防止员工利益受到侵害。

二、发达国家对国有企业重组规制的经验

在市场经济发达国家，由于国有企业的数量和市场份额都比较小，其市场机制比较完善，所以国有企业重组规制和市场化企业重组行为的规制并没有很大的差异，基本上都是以反垄断法为核心的法律体系为规制依据。

（一）美国对企业重组的规制

美国是反垄断机制比较成熟的国家，世界上第一部关于反垄断的法律就诞生在美国，并且随着经济的发展对反垄断法律体系不断地进行完善。

1. 美国对企业重组的法规。美国是典型的市场经济国家，诞生了世

界上第一部反垄断法——谢尔曼法（Sherman Act），美国对企业重组行为的规制主要是通过反托拉斯法来规定有关市场准则，并实施对上市公司的监管。

（1）谢尔曼法。1890 年美国国会通过了《谢尔曼反托拉斯法》，它是美国历史上第一次企业重组高潮的产物，其目的是“保护贸易和商业免受非法限制和垄断之害”。法案规定：“凡是限制几个州之间的贸易或商业活动的合同，以托拉斯或其他形式进行的兼并或暗中策划都是非法的”；“任何人对商业的任何部分实行垄断或企图垄断，或暗中策划垄断”都是违法的。该法规定地方检察官和美国司法部长有义务禁止和限制违反谢曼尔法的行为，赋予受害方提起三倍损害诉讼的权利；对竞争者联合控制价格、划分市场势力范围和实施商业抵制等都作了禁止的规定。这部法律对于限制处于垄断或接近垄断地位的大公司势力的扩张起到了重要作用。

（2）联邦贸易委员会法和克莱顿法。1914 年美国国会通过了《联邦贸易委员会法》，规定“禁止商业中的不公正竞争和不公正的或欺骗性行为”。在《联邦贸易委员会法》被批准后几天，国会又批准了《克莱顿法》。克莱顿法为谢尔曼法做了反垄断控制的重要补充，其第七条规定，公司之间的任何兼并行为，如果其效果可能使竞争大削弱，或可能导致垄断，则这种兼并行为属于非法。克莱顿法的主要作用在于消除某些尚处于早期阶段的垄断势力，在实际的损害不一定发生，但可以合理地预见到它将产生的损害就将其制止。

（3）《罗宾逊—帕特曼法》和《塞勒—凯弗维尔法》。1936 年美国国会通过了《罗宾逊—帕特曼法》，1950 年美国国会又通过了《塞勒—

凯弗维尔法》。这两个法都是对《克莱顿法》的修订,《罗宾逊—帕特曼法》主要是针对防止价格歧视确定的,规定:反对同样的产品对不同的顾客收取不同的价格,以避免导致垄断。《塞勒—凯弗维尔法》对防止任何公司购买别的公司的股票或资产将导致竞争的削弱或产生垄断而作出禁止的规定。

2. 美国的《企业重组指南》。20 世纪 40 年代以后,美国反垄断法规由对企业垄断行为的禁止,转向了强调市场结构控制方向,对企业重组进行严格审查。1968 年美国第一次颁布了《企业重组指南》,这个时期美国执行反垄断政策是鲜明的。进入 20 世纪 80 年代后,由于国际竞争的加剧,美国传统产业面临竞争而不断进行反垄断案件的诉讼,为此不仅花费巨额诉讼费用,而且耗费大量时间。1982 年,重新颁布了《企业重组指南》,1984 年又进行了修订。这两个指南认为企业重组是有益的,有利于提高企业经济效益,促进经济增长。1992 年,美国又颁布了《企业横向重组指南》,进一步完善企业重组政策。

(1)1968 年《企业重组指南》。这个指南是根据《克莱顿法》所判的一些重大案例制定的,采用市场份额和市场集中度来表示,以判定哪些重组行为可以得到批准,哪些不能得到批准。市场集中度是指某一市场中四家最大企业所占市场份额之和。指南规定,对横向兼并来讲,如果市场超过 75% 集中度,以下情况得不到批准:收购企业为 4,被收购企业为 4 或 4 以上;收购企业为 10,被收购企业为 2 或 2 以上;收购企业为 15,被收购企业为 1 或 1 以上。如果四家最大企业在市场中所占份额少于 75%,那么以下情况的企业兼并活动不能得到批准:收购企业为 5,被收购企业为 5 或 5 以上;收购企业为 10,被收购企业为 4 或 4 以上；收购企业为15，被收购企业为3或3以上；收购企业为20，被收购企业为2或2以上。1968年企业重组指南主要是针对横向重组，对纵向重组限制不多，对混合重组基本上无限制。

（2）1982年《企业重组指南》。1982年《企业重组指南》的特点是允许重组的限制有了较大程度地放松。与1968年指南相比，作了以下改变：一是提出了一套新的市场划分标准和办法。二是对测定集中度的方法作了改变，引入了赫芬达尔—赫希曼指数（HHI），替代1968年准则使用的前四位企业市场占有率。HHI指数等于市场中每个企业市场份额的平方之和。该指数能综合地反映产业内企业规模的分布情况，能够准确地反映市场结构。指南将该指数分为低度集中、中度集中、高度集中三类，符合生产前两类产品企业的重组，可以获批准；而企业重组对后一类指数产生一定的影响，则禁止重组。三是市场进入壁垒问题，即政府在审查企业重组申请时，在考虑市场集中度和重组对市场集中度的影响外，还要根据该类产品市场进入的条件和要求，分析该产品在价格提高5%后，在两年内将会有多少生产企业进入该市场，以判断该产品是否有潜在的贸易壁垒，如果存在贸易壁垒则不批准这起重组；如果不在壁垒则可以批准。四是其他因素，包括市场行为、市场透明度、市场绩效、非横向重组等，也是政府审定企业重组需考虑的因素。

（3）1984年《企业重组指南》。1984年《企业重组指南》并没有改变原来的基本原则，主要是对1982年指南的延伸和完善，一是政府在审查重组申请时要考虑企业在市场竞争条件方面的变化，包括市场条件变化、新技术的开发、重组企业的资产和负债等等。二是将外国竞争企业也包括在市场内来考虑，分析在有国外企业参与重组竞争情况下可能产生的后果。在计算市场份额和市场集中度时，将外国企业进入本国市场的能力和市场准入条件作为重要因素来分析。三是对企业重组后可以较大幅度提高经济效率的，政府在审查时可以放宽限制。

（4）1992 年《企业重组指南》。该指南提出，企业重组是以扩大财产收益为动机的，这些收益来自许多方面，而指南只是集中于带来潜在收益的市场势力，其禁止的只是严重危害竞争的重组。在多数情形下，企业可以不受政府干预进行重组以提高效率。

3. 美国法院在认定相关市场方面的司法实践。早期的司法实践基本上是根据《企业重组指南》的规定，从供给的角度分析相关市场，但是从 1992 年制订的《企业重组指南》之后，在分析相关市场时就考虑了需求替代因素，而供给替代因素则被放在相关市场确定以后的步骤里进行分析①。其中相关市场的分析分为两个步骤，即先从需求角度来分析相关市场，然后分析市场的参与企业以及相关的产业集中程度。如果某企业进入相关市场非常容易，即供给弹性大的话，也被认为是市场的参与者。在分析相关市场时考虑供给因素，会扩大相关市场的范围，因此最终计算的市场集中度会下降。虽然计算相关市场时没有考虑供给因素，但是如果在确定市场企业数量时考虑，会增加市场企业数目，也会降低产业集中度。

（二）欧盟对企业重组的规制

1989 年欧盟颁布实施《重组规则》，将过去对企业重组的事后控制

---

① See Department of Justice and Federal Trade Commission, 1992 Horizontal Merger Guidelines, Sec. 1, Http: //www. ftc. Gov/bc/docs/horizmer. Htm.

改为事前控制，要求达到一定规模的重组提前向欧盟委员会申报，由欧盟委员会审定。

1.《重组规则》的主要内容。

（1）关于《重组规则》调整的对象。主要包括以下两种情况：一是相互独立的两个及其以上的企业重组；二是已经控制了至少一个企业的自然人或企业，通过购买股份或资产，通过订立合同或是通过其他直接或间接的方法取得对一个或一个以上其他企业全部或部分的控制①。

（2）关于相关市场和市场优势的地位问题。《重组规则》明确规定：企业集中（重组）行为“是否创设或加强了市场优势地位，其结果使共同体市场或该市场上某一独立部分的竞争受到了显著的损害②。”企业重组是否对市场竞争造成影响，其判断依据是相关企业的市场占有率。《重组规则》还规定，一个企业在相关市场或独立地域市场上的份额如果都不超过25%，可以视为与共同市场相容，不会对竞争造成损害。在具体掌握上，还要考虑不同产品市场竞争的具体情况，如果对寡头垄断市场，产品竞争对手只有两三家，则25%的市场占有率不能对市场起支配作用；如果充分竞争的市场，产品生产厂商众多，25%的市场占有率是很高的；对技术更新很快的产品，重组标准应适当放宽。欧盟依据产业政策和对企业重组发生之后市场变化的预期，当重组企业提供的产品在一定地区范围的市场，不会造成对市场的损害或损害很小，则可以得到认可，不会禁止。

---

① Mergers Under EEC Competition Law. 50.

② Mergers Under EEC Competition Law. 67.

2. 欧盟在认定相关市场方面的司法实践。早期欧盟关于相关市场的解释与美国相差很大，但是近几年一致的地方越来越多。与美国相比，欧盟关于市场定义的解释要复杂得多，这种复杂性甚至反映在个别案例上。

关于相关市场解释的案例可以分为三类：一类是涉及欧共体条约第81条的解释，一类是涉及82条的解释，还有一类是涉及兼并。前两类案件经由法院处理的比较多，所以法院的解释意见非常重要；而后一类案件主要由欧盟委员会处理，所以解释以委员会的意见为主。

总的来说，欧盟委员会是从需求替代性的角度进行分析，同时也在有限的某些案例中，考虑产品供给方面的替代性。在很多案例中，欧共体委员会的做法和美国《企业重组指南》中规定的标准很相似，即观察价格的增长所引起的买方转向其他产品的可能性①。

欧盟的《重组规则》第9条第7节对地域市场进行了规定：地域市场由下述地区构成，在该地区，相关企业涉及产品或者服务的供应和需求，竞争条件是充分同质的并且因为在这些地区竞争条件有显著不同而与邻近地区相区别。在分析时应特别考虑到相关产品或服务性质和特征，以及市场进入障碍、消费者偏好、企业在该地区与邻近地区之间的市场份额的区别或者实质性的价格差别等情况。

同美国的《企业重组指南》相比，欧盟的《重组规则》对确定地域市场的因素作了更详细的规定。竞争条件的同质性是最重要的因素。因

① See Thomas Kauper, The Problem of Market Definition under EC Competition Law, 20Fordham Intl l. J. 1682 (1997), at 1734.

为欧共体市场由多国市场组成，因此分析不同地区的竞争条件差别有现实的意义。

（三）日本政府对企业重组的规制

1. 日本反垄断法的演变。日本对企业兼并重组的规制是根据经济产业发展战略而不断调整的。第二次世界大战以前，日本企业以财团法人为主体。第二次世界大战以后，日本开始按民主市场化的要求对财阀企业进行改革，制定了《禁止垄断法》。该法的内容许多是采纳了美国的反垄断法体系，可以说是一部比较完善的反垄断法。但是，在战后初期，日本尚处在重建阶段，经济还很脆弱，许多内容还不符合日本当时的实际。因此，日本政府在实施《禁止垄断法》时进行了必要的调整。20 世纪 50 年代，日本经济进入了恢复期，采取了追赶美欧的增长战略，为了适应这一战略的实施，1953 年对《禁止垄断法》作了修改，放松了对企业兼并重组的限制，允许企业在必要时组织合理规模的大型企业，这一修改大大削弱了《禁止垄断法》的作用范围和功能。20 世纪 60 年代，日本企业国际化经营步伐加快，为了进一步提高企业的国际竞争力，日本政府进一步削弱了反垄断法的作用，并采取了一系列促进企业联合的措施，促进企业垄断化。20 世纪 70 年代中后期，由于世界石油危机的爆发，日本重新调整产业结构，由过去的重化结构转向技术密集型结构，限制垄断的政策又需要产生作用。1977 年，日本修改充实了《禁止垄断法》，内容包括：对不正当利润课税；对市场占有率过高的企业进行分割；授权公平交易委员会调查高集中度垄断寡头的提价行为；加强对银行和大规模非金融企业持股的限制；提高对违反限制垄断法行为的处罚。

2. 日本现阶段的反垄断规制。20 世纪 80 年代中期以后，日本加大了执行限制垄断的措施。在 1991 年，日美签订了《结构障碍协商报告》，强化了反垄断法律的有关内容及其实施的力度。特别是 20 世纪 90 年代后期亚洲金融危机以后，日本企业集团化战略受到质疑，许多学者认为，由于大集团过多地受到政府的支持和保护，致使集团缺乏技术创新动力，企业竞争力下降。因此，日本政府又采取了一些限制企业垄断行为的措施，对垄断行业和企业进行重组和改革，引入竞争机制，并重视中小企业的发展，充分发挥中小企业在市场竞争、促进技术进步的积极作用。总体上看，日本在实施反垄断法方面还不是很严厉的，日本公平交易委员会的对企业并购重组事项虽然要进行审查与批准，但往往要兼顾产业政策，日本产业政策对经济作用力比较大，执行中经常根据产业政策对不符合《限制垄断法》的进行豁免。

三、我国政府—市场—企业相衔接的重组规制设计

（一）国有企业重组中垄断行为的规制

在西方发达国家，对于企业重组的规制是以《反垄断法》为核心的。由于我国还处于向市场化经济过渡的进程中，而且一直存在企业规模经济不足的问题，因此，反垄断问题一直没有得到重视。而行政性垄断却一直困扰我国经济体制改革和发展，因此，国有企业重组的反垄断规制包括两方面的内容：反经济性垄断和行政性垄断，前者具有长远意义，而后者关乎重组的最终效益。

1. 制定《反垄断法》对国有企业重组的影响。《反垄断法》的制订实施与我国企业状况，特别是国有企业的状况和发展要求，以及国家经济政策的走向有密切的关系。虽然经济效率这个核心目标已经被很多国家的立法所承认，但是基于不同阶段或不同国家的经济发展情况，相应的政策制订和实施也有所变化，或体现在对其他目标的关注上，或体现在实施的重心有所变化上。

（1）制定规制要正确处理突出效率与实现公平的关系。目前，国际上反垄断和竞争法都趋向于突出效率原则，特别是美国在实施反垄断法时，充分体现了国家竞争力的标准。而我国企业重组面临两方面的问题。一方面，与国际上的大型企业相比，企业的规模普遍偏小，需要通过重组实现经济规模；另一方面，各级政府和一些大型企业追求进入500强，为了扩大规模，把诸多企业合并起来，而不注意效率。因此，企业重组的目标应该是形成经济规模，提高效率，增强竞争力。因此，我们在制定反垄断法时，应该注重效率分析，而不是限制规模。同样，在制定企业重组战略时，也要注重效率，而不单纯追求规模。

限制垄断的最终目的是保护消费者，而不是保护竞争者的利益；维护公平竞争环境是鼓励提高效率，而不是保护弱势企业。由于长期计划经济，实行政资不分和政企合一的企业管理体制，政府在制定政策时往往从企业的利益出发考虑多一些。

因此，要在立法程序和公众参与方面保证立法公正性和客观性，以保护广大消费者和用户的利益。要对我国现行市场条件下的垄断行为的特点进行深入细致的分析，特别对大型跨国公司在我国的垄断行为进行分析研究，根据实际需要确定一段时期内的反垄断重点。第一，要重点限制利用共谋手段抬高价格，危害消费者用户的利益。第二，要重点限制利用掠夺性定价和排他性手段等不公平竞争形成行业垄断地位。第三，根据行业成熟程度和可竞争性，分类确定市场准入、质量和标准，以及企业重组细则。如，英国的竞争法对一些重要行业有具体的规定。

（2）制定重组规制要处理好企业发展与经济全球化的关系。跨国公司的进入对东道国的经济有促进和带动的作用，但是，由于跨国公司的内部交易容易逃避东道国的监管和控制，以及影响东道国市场结构和市场竞争等因素，有些国家政府出于特殊目的，如国家经济安全的考虑，对跨国购并采取审查措施，或保留部分审批权，如马来西亚、加拿大、新西兰和瑞典等；美国的艾克森—弗洛里奥条款规定，当国家的安全受到威胁时，美国政府有权力阻止外国企业收购美国公司；韩国过去对跨国并购有比较严格的限制，但是1997年金融危机以后，放松了对这方面的限制，只是对国家安全、公共健康和环境保护等比较敏感的行业保留限制权力，同时对新增投资的优惠高于购并投资。我们应该研究跨国并购的规律，根据国情，从保护国家安全的角度出发制定对跨国并购的管理。

法律原则要和国际接轨，实施过程中根据实际情况进行个别豁免。日本的限制垄断法的原则和国际接轨，接近欧美国家，但是在实施过程中，根据不同发展阶段对一些不成熟行业制定豁免性法律条款。美国则从国家安全和整体利益的角度出发，设置一些豁免条款。因此，我国在制定反垄断法时，其基本原则要与国际接轨，实施中要从国家安全和产业成熟性两方面出发，制定一些豁免条款。

建立独立的反垄断和竞争监督机构，形成独立的执法体系。反垄断是为了促进形成全国市场，不仅要制定相关法律和市场准入规则，还要有保证法律实施的执法体系。司法部门和一些重要的法规执行管理部门应该实行垂直领导。首先保证司法机构不受地方政府干预，公平执法，保证全国性行业法规的执行。其次是建立相对独立的反垄断监管部门。反垄断管理不仅需要公正、客观地执行反垄断法，而且要进行大量的调查研究和分析。因此，应授权一个独立机构专门负责反垄断法的实施监管。对具有自然垄断性的网络行业应实行独立监管，如电力规制管理机构、电信规制管理机构等。由于反垄断管理是一个理论性较强、理论和实践紧密结合的工作，需要一批素质较高的专业人员。目前，反垄断工作在我国还刚刚起步，要加强这方面人才的培训。从国外反垄断法的执行情况可以看出，在审查并购案时，要深入细致的分析和研究，如市场集中度、市场需求弹性、行业供应成本等信息都是决策的依据。而我国的经济管理部门在市场信息和分析方法上都比较薄弱。因此，要加强信息和分析方法研究等基础工作，使反垄断法真正发挥作用。

（3）对行政性垄断行为的规制。我国目前的反垄断立法规定的核心目的并不是定位于维护竞争或者是促进经济效率，而是更多地倾向于对个体经营者或消费者权益保护，因此不能明晰反垄断法与不正当竞争法以及消费者权益保护法之间的关系。在当前的市场条件下，对市场竞争造成威胁的不是市场中形成的垄断行为，而是基于行政权力形成的垄断。

我国目前《反不正当竞争法》对行政垄断问题进行了规定，但是制约的效果非常有限。中国目前影响经济效率的行政垄断问题有三类：一是依法享有独占地位的垄断企业范围过大；二是上述法定垄断企业的垄断权利滥用；三是其他由于行政权力滥用而形成的垄断。

第一类垄断对于经济效率的影响非常大，但是由于改革过程的渐进性以及对其他利益因素的考虑，国家以立法形式赋之以合法的地位。对这些法定垄断的保留是国家改革政策的需要，不可能以反垄断立法来予以改变。而且，随着改革进程的深入，该法定垄断地位企业的范围也会逐渐缩小，因此相应的政策是动态的，而具有稳定性立法不适宜经常变动，因此反垄断法不适合对该类垄断作出规定。

第二类垄断问题产生的根本原因是第一类问题的存在。随着对法定垄断产业的市场化改革的深入，第一类行为也必然会大量减少。但是改革是渐进的，法定垄断企业的存在也将继续维持一段时间。在问题得以根本解决之前，由于这类行为直接表现为对消费者和经营者权益的侵犯，因此立法者不能够无动于衷。可以说《反不正当竞争法》的相关规定是在有限范围内阻止法定垄断的危害性进一步扩大的次优对策。虽然和另外两类垄断相比，这类垄断对于经济效率的损害要小得多，但是这是目前工商管理部门在职权范围内惟一可以对之采取实际措施的行政垄断问题。

第三类问题产生的根源是对政府权力的执行缺乏有效的监督和制约。如果是通过反垄断立法和实施来解决这一问题，实际上是使反垄断立法承担了制约政府行政权力及其他如市场的任务。我国目前的《反不正当竞争法》虽然有禁止性的规定，但是没有规定有效的救济和制裁措施。如果未来的反垄断立法要对之予以规定，必须赋予执行机构相应的权力来保证其能有效地执行法律。

由于滥用行政权力的主体是国家行政机关，甚至其行为是以地方法规或者部门规章的形式出现，因此要对反垄断法进行有效的实施，反垄断执行机构不仅要具有相对独立性，而且其权力要远远大于西方国家的类似机构。首先，该机构应该有相应的独立性，不受地方政府和行政部门的制约，直接对立法机构或者国家首脑负责。其次，该机构除了具备反垄断机构通常具有的调查、指控等权力外，还有宣布行政机关的部门规章、地方法规或者行政行为违反反垄断法，并责令其改正的权力。再次，对于反垄断机构宣布行政垄断违法之决定不服而提起诉讼的，不应该由地方法院受理，而应由最高法院受理。

（二）国有企业重组中产权交易的规制

在我国国有企业重组的背景中，存在并购的法律制度不健全、国有产权不清晰、中介机构不规范和资本市场不完善等问题，国有资产流失就成为不可避免的问题。

我国当前的产权交易市场应当具有两方面的功能：行政功能与市场功能。行政化功能是防止国有资产的流失，市场化功能在于促进产权的流动。2004 年 10 月份以来，国务院国资委等机构对有关省市的国企产权转让进行了检查，对产权市场功能进行了一次评估。评估结果应该说是良好的，企业国有资产入场交易率达 85%，平均溢价 20%。这说明产权市场对国有资产流转的监督与防流失功能基本得到实现。但是还存在一些因素困扰产权市场，造成国有资产的流失，因此需要在国有企业重组过程中对产权交易进行必要的规制。

国有企业重组的过程是否具有公开、透明、竞争的程序，直接决定其改革环境的规范与公平性，以及是否在正确的方向上推进、是否能得到公正的结果。国务院国资委、财政部《企业国有产权转让管理暂行办法》对国有产权交易程序和各利益主体的责任和权利进行了比较详细的规定，使得国有产权的“阳光交易”概念深入人心。

但是在某些关键环节，如资产评估方面，还缺乏具体的可操作性细则，可能会导致重组过程中国有资产的流失。其中既有评估机构在评估理念、评估技术和职业道德方面的问题，也有企业作为评估服务的委托方和评估报告的重要使用者在委托和使用评估服务环节上出现的问题。

1. 评估基准日选择的随意性。评估基准日是资产评估专业服务的重要要素，评估师执行资产评估业务就是对评估对象在某一特定时点的价值发表意见。评估基准日的选择应当与评估目的所对应的经济行为相适应，否则评估结论就可能无助于相关经济行为决策，甚至可能误导经济行为决策。国有企业应当根据重组目标选择适当的基准日，并委托评估机构评估该基准日评估对象的合理价值。

如果基准日选择不合理，即使评估机构是独立的，评估程序和结论是合理的，但评估结论对国有企业重组而言是不利的。然而这种做法更具有欺骗性和隐蔽性，危害更大，应当引起各有关方面的高度重视。

2. 价值定义不明。价值类型和价值定义被委托方和评估师忽略，是我国评估界在理论和实务上都存在的一个重大问题。评估师受聘进行评估不应当仅仅满足于通过某种方法形成某个结论，或通过某几种方法形成某几个结论。评估师的职责是回答客户所提出的“有关价值的问题”，即什么是客户特定目的下某评估对象的合理价值，至于这个合理价值是通过什么方法得出完全是评估师的专业判断。我国特殊的评估实践使得评估师忘记了回答客户“有关价值的问题”的职责，而只是简单地根据某种评估方法（主要是成本法）形成一个结论即可交差。

同一个企业可能对于不同的市场主体具有不同的价值，其价值内涵不一样，其适用的范围也就不一样。因此委托方在委托时，评估师在评估时，都不应当简单地使用价值这个模糊概念，而需要明确所希望得到的和需要评估的是什么内涵的价值，即明确价值类型和定义。

在国有企业重组过程中，评估行业应当努力提高评估理论和实务水平，改变长期以来习惯于成本法而不讨论价值类型和定义的做法。评估师在以改制为目的评估企业市场价值时，客观分析三种基本评估方法的适用性，哪种方法最能反映评估对象的市场价值就应当采用哪种方法，不能简单地采用一种方法而不考虑和论证方法使用的合理性。

3. 资产评估制度不完善。我国的资产评估制度是以账面资产重置价格为准的，甚至还有转让价不得低于净资产之类的相关规定，而国际上则以其实际市场价值为准，两种不同评估制度下的资产评估值相差较大，而外商只接受按国际评估制度评估出的资产值，造成按我国现行的评估制度评估出的资产值往往有价无市。某种资产的市场价格往往取决于两个因素：其一是卖者期望的出售价，其二是买者希望达成的成交价。成交价应根据该种资产给买方可能带来的收益来确定。在收益率一定的情况下，理论上的成交价应该是在确保卖方资本收益率前提下的出资额。实际成交价超出外商的心理价位，他们就会选择退出。

因此，应迅速使我国的评估制度与国际接轨，但这又牵扯到“国有资产流失”问题。但是，资产评估价价值只能作为交易价格的基础，最终成交价只能靠市场来确定，当成交价低于评估价时，不能视作卖方资产的流失。资产成交价格的高低，还会受市场供求关系变动的影响，在资产市场出现供大于求时，资产的成交价往往还会下降。这种因供求关系变化而造成的资产价值的损失，也不能认为是资产流失。

（三）基于我国产业安全的规制

由于国有企业所在的一些产业关系国家安全，在其重组过程中，可能会受到威胁的产业主体是“重要产业”，“重要产业”可以理解为那些影响国民经济全局的战略性资源产业、支柱产业、先导性幼稚产业等。主要工业国家，如美国、英国、法国、日本等国家都从经济安全角度对重要产业进行了划分，并制定和采取了适当的保护政策和措施。产业安全受到威胁的标志是政府产业结构调整的权利和产业发展控制权的丧失，有些是由于外商直接投资所导致的，也有一些产业安全问题是由于自然灾害所引起的。

根据我国实际情况，并结合发达国家政府规制改革的经验，中国政府必须做到放松规制和强化规制并举，在经济性规制方面以整体放松规制为主，在局部上强化规制；在社会性规制上以整体完善为主，并在局部上放松规制。

1. 全面放松竞争性产业的准入规制，同时加强市场经济秩序的规范。取消基于所有制、地区和部门的各种不合理的限制，尤其需要打破地方保护主义和部门本位主义。要以放松和取消进入限制为突破口和重点，全面清理有碍公平竞争的法律、法规，大幅度减少行政性审批；同时要规范市场经济秩序，尤其要加强资本市场和中介市场的规范和监管，努力创造一个公平竞争的环境。

2. 适应新形势变化的要求，完善涉外规制和加强重要产业安全规制。放松规制应该和新的制度供给同时推进。我国很多法律，特别是涉外的法律法规已经不能够适应新形势变化的要求，存在规制缺位。同时，国有企业退出或者降低在某些重要行业的作用时，如果不加强必要的规制，有可能发生产业安全危机。因此，在放松规制的同时，必须尽快完善与此有关的经济性规制，做到有备无患。根据产业安全所受威胁的性质，发展中国家对产业进行保护的措施包括三个方面：壮大民族产业的政府规制、限制外资非正常进入的政府规制和针对“恶性”威胁的反报复政府规制。

3. 制定产业政策组织管理制度，促进业务相同或者相近的国有企业联合。在国有企业中存在一个普遍的问题是，国有企业之间的竞争激烈，即国有企业的产业（业务）结构同构现象非常严重，而单个企业的竞争力薄弱，这也是国有企业重组要解决的一个重大问题。让这些企业联合起来，扩大企业规模，规定产业准入的最小经济规模，以防止过度竞争，提高国内产业的集中度。

4. 涉外企业准入的规制。限制外资企业在特定产业领域中的投资或者投资比例。在这一方面，我国制定了《外商投资产业指导目录》。在该目录中对跨国公司规定了投资的优先次序。向外国投资者描述投资优先次序主要说明两个方面的问题：哪些领域是完全仅供本国投资的，以及哪些领域是向外国投资者直接开放的。对后一方面，还说明了哪些领域在这一国家的经济发展计划或者规划中占优先地位。从部门的角度考虑，则指明了哪些是在本国的发展计划中占有优先地位、资本和技术的流入将受到欢迎的部门或者产业。

5. 外资参与重组的规范化规制。将较为成熟的政策用法律的形式固定下来，即通过立法确定我国政府对跨国并购的立场、政策、审查原则、标准和程序等。这种法制化、透明的政府干预制度，既有利于我国政府将跨国并购纳入我国经济发展的正常轨道，达到吸引外资和保护国内有效竞争的双重目的，又有利于跨国公司的投资决策，降低跨国公司对我国企业实施并购的政治和法律风险。

（四）运用产业政策促进国有企业资源优化配置和集中使用

国有企业重组的结构目标是在一些领域中以其垄断地位控制重要的经济领域，也可以以寡头的形式主导一些行业，或者以竞争者的身份起调节、示范作用和带动技术、管理进步以及规范市场作用等，通过国有企业的形式对国民经济结构与质量发挥积极的作用。

当前国有企业重组还处于前期阶段，涉及重组的企业也比较少，重组的阻力大，而且对于重组的目标只作出了概括性的描述。在进行重组时没有具体的指导性和可操作性的目标，必然会造成重组的盲目性和无序性。因此，针对行业特征制定相应的产业政策将有利于为国有企业重组明确方向和目标，减少重组的障碍。

1. 在竞争性产业中，单个国有企业绝对规模并不大，而且它们在同行业中所占的比重也不大，市场集中度也相应地比较小。处于竞争性产业中的国有企业对于国民经济的控制与影响力应该主要体现在对于有重要意义的产品的价格的影响力上。

竞争性产业的一般特征是该产业的产品与服务的供给与需求对价格非常敏感，保留国有企业的主要目的是影响市场价格进而影响国民经济中相应的产品与服务的生产与消费。

在竞争性产业中，国有企业数量过多，同时，由于这些产业的进入门槛比较低，因此存在进入过度和无序竞争等问题。而在一些提供国民经济重要产品的产业中，存在这些问题对这些重要产品的提供显然是不利的。如钢铁、铜和一些稀有金属行业。

竞争性产业政策重点是提高市场集中度、规范市场秩序和提高产业进入门槛。如新出台的《钢铁产业发展政策》明确规定，提高钢铁业的进入门槛，引导企业间重组，提高前几位企业的规模和市场集中度，至少组建两个三千万吨以上产能的钢铁集团，并使前十家钢铁企业能占到70%的市场份额①。而这些巨大型的钢铁企业前两家将都是国有企业，而前十家则会以国有企业为主体。

2. 寡头性市场结构的产业政策。处于寡头市场结构中的国有企业单个企业的绝对规模较大，在其所在行业中占的比重也比较大，市场集中度较高。在寡头市场结构中的国有企业对国民经济相应领域中的产品与服务的数量与价格的影响力都比较大。处于寡头市场结构中的国有企业主要在军工业、邮电通讯业、航空运输业、专业设备制造业、电力生产行业、煤炭采选业等。

寡头性市场结构中的国有企业原来大多是垄断的市场结构，后来经过分拆或者其他途径，形成了现在的市场结构，目标是引入竞争机制和提高效率。但是现在这些产业普遍存在的问题是并没有建立起市场竞争机制或者竞争机制不健全，原因很多，如没有进行产权多元化改革，没有完善的公司治理结构，没有考虑到市场供给和需要的关系等。比如，国有企业中有南方机车车辆厂和北方机车车辆厂，而且只有这两家提供

① 钢铁产业发展政策，http：//www. sdpc. gov. cn，2005 年 7 月 20 日。

机车车辆，这样就非常容易在国内形成价格联盟。还有在电力生产企业之间并没有达到预期的竞争效果，因为在市场供不应求的条件下，根本不具备竞争的基本条件。

寡头性市场结构产业政策重点：促进建立产业内市场竞争机制，尽快进行产权多元化和公司制改造，这适用于电力生产、机械制造、航空运输等产业。

在军工产业内，尽快引入竞争机制。通信产业则应该从增量资本的控制入手，推进竞争机制的建立。

对于煤炭采选等资源性（包括稀有金属）产业，从国家资源战略考虑，应该尽量将资源集中到国有企业手中。

3. 垄断性产业的政策重点。处于垄断市场结构中的国有企业是某种产品与服务的国内惟一的提供者，它们一方面决定了国民经济中某一产品与服务的全部数量，同时，又以其对数量的决定权来决定产品的价格。这些企业的福利影响无论是在实践上还是在理论上都一直受到严重关注。又因为作为国有企业，它们控制的是对国民经济有重要影响的产品，它们的竞争力往往是我国在某一产业中国际竞争力的代表，所以更是具有举足轻重的地位，即前面所说的关系国家经济安全的产业。

处于垄断市场结构中的产业主要有石油和天然气开采业、石油加工及炼焦业、食用盐、远洋运输和电网等行业中。这些国有企业往往是由于国家对资源集中控制而形成的，也有些是技术上存在自然垄断因素造成的，有些是产业发展水平造成的，如远洋运输业，这个行业并不一定要垄断，但是在中国远洋运输现有的水平下，垄断比竞争性的市场结构更利于产业发展。

对于电网经营企业（国家电网公司），由于电力在国民经济中的重要地位，国家需要对其进行垄断经营。而输电电价的独立和确定是困扰我国电力产业改革的一大难题，因此，针对我国电力市场特征尽快确定独立的输电价格，确保弥补电网企业的运营成本，并能够促进其扩张是产业政策的要点。

能源产业进口多元化是我国的经济安全的重要支点。随着中石油、中石化的海外上市，近年来中国国有能源企业的国际化步伐加快。企业股权的多元化和公众化，客观上要求企业最大限度地追求利润。随着中国能源短缺后“走出去”战略的全面升级，国家行为的风险和弊端不断的暴露，特别是在国际社会某些人恶意炒作“中国能源需求威胁论”的背景下，“国家行为”日益受阻。因此，让国际化的中国能源企业充当“走出去”的马前卒，在加强与国际社会的资本联系的同时，巩固国家的经济安全，可谓一举两得。

对于能源产业来说，中石油间接持股集团海外资产以及中海油收购尤尼科事件说明，这些企业的规模和实力还需要进一步增强，以它们为主体带动实现我国能源的海外战略。

在国内，则可以尝试通过和其他企业参股的形式，消除其垄断地位带来的负面影响，如 2005 年 4 月 21 日，中国海洋石油总公司（简称：中海油）对外宣布，将与中国电力投资集团公司（简称：中电投）合作，共同在河北省秦皇岛市建设 LNG（液化天然气）项目。该项目内容包括 LNG 的运输以及配套接受设施，以及一个天然气发电厂。此次首度合作预示着，国家对于石油和电力领域发展的战略新思路已经启动——让石油企业和电力企业互相进入对方的领域，从而促进两大垄断领域的竞争与发展。

远洋运输业的政策重点则在于通过集中现有资源培育龙头企业的创新能力和提高技术水平，促进国有企业突出主业，提高核心竞争力。同时还要加快进行股权多元化改革，完善治理结构，并逐步引入竞争机制。国有企业在这一领域也已经进行了一些尝试，2005年7月15日，中外合资运输公司经营的化学品船“东川轮”从南京起航，投入运营，从事国内港口之间化工品运输特许经营权。自此，国内化工品水路运输市场对外开放进入实质性阶段。这将有利于改善我国化工品运输船舶的技术结构，通过合资公司的示范效应和带动作用，将会大力提升我国化工品运输整体素质和水平，实现化工品运输的快速发展。

参考文献

1. [日] 广冈治哉:《日本铁道民营化的经验与教训》,载《日本公有企业的民营化及其问题——复旦大学日本研究中心第一届国际学术研讨会论文集》(陈建安编),上海财经大学出版社 1996 年版。
2. [美] 麦克尔·波特:《竞争优势》,华夏出版社,西蒙舒斯特出版公司 1996 年版。
3. [美] 丹尼斯·卡尔顿,杰弗里·佩罗夫:《现代产业组织理论》,上海三联书店 1998 年版。
4. [法] 泰勒尔:《产业组织理论》,中国人民大学出版社 1998 年版。
5. [美] 约瑟夫. 斯蒂格利茨:《促进规制与竞争政策:以网络产业为例》,社会科学出版社 2000 年版。
6. 昌忠泽:《国有企业之路——日本》,兰州大学出版社 1999 年版。
7. 陈佳贵、金碚、黄速建:《中国国有企业改革与发展研究》,经济管理出版社 2000 年版。
8. 常修泽等:《产权交易理论与运作》,经济日报出版社 1995 年版。
9. 曹建海:《中国产业前景报告》,中国时代经济出版社 2005 年版。
10. 邓荣霖:《国有企业之路——意大利》,兰州大学出版社 1999 年版。
11. 郭元晞:《现代企业制度论》,西南财经大学出版社 1996 年版。

12. 罗红波、戎殿新：《西欧公有企业大变革》，对外经济贸易出版社 2000 年版。

13. 范如国：《企业并购理论》，武汉大学出版社 2004 年版。

14. 孔祥俊：《中国现行反垄断法理解与适用》，人民法院出版社 2001 年版。

15. 李荣融：《并购重组——企业发展的必由之路》，中国财政经济出版社 2004 年版。

16. 李松森、曲卫彬 ：《国有资产管理》，东北财经大学出版社 2002 年版。

17. 刘万生：《国有控股公司研究》，经济科学出版社 1998 年版。

18. 刘忠俊：《中国国有资产管理体制改革与创新》，经济科学出版社 2002 年版。

19. 刘文通：《公司兼并收购论》，北京大学出版社 1997 年版。

20. 芮明杰、陶志刚主编：《中国产业竞争报告》，上海人民出版社 2004 年版。

21. 孙耀唯：《企业并购谋略》，中华工商联出版社 1997 年版。

22. 孙福全：《企业兼并与破产》，中国经济出版社 1995 年版。

23. 苏东水：《产业经济学》，高等教育出版社 2000 年版。

24. 史忠良：《国有资产管理体制改革新探》，经济管理出版社 2002 年版。

25. 史忠良：《产业经济学》，经济管理出版社 2005 年版。

26. 史忠良等：《经济全球化与中国经济安全》，经济管理出版社 2003 年版。

27. 盛洪：《最新中国企业并购经典案例》，中国轻工业出版社 1999 年版。

28. 王金存：《破解难题：世界国有企业比较研究》，华东师范大学出版社 1999 年版。

29. 吴敬琏：《当代中国经济改革》，上海远东出版社 2004 年版。

30. 袁易明、魏达志：《危机与重构：世界国有企业研究》，中国经济出版社 1999 年版。

31. 杨开峰：《国有企业之路——法国》，兰州大学出版社 1999 年版。

32. 王元、梅永红、胥和平：《中国战略性技术与产业发展》，经济管理出版社 2002 年版。

33. 王巍：《中国并购报告：2004》，人民邮电出版社 2004 年版。

34. 王玉霞：《现代企业兼并理论——研究与探索》，大连理工大学出版社 2003 年版。

35. 张维迎：《企业的企业家——契约理论》，上海人民出版社和上海三联出版社 1995 年版。

36. 邹亚生：《企业兼并操作指导》，经济管理出版社 1996 年版。

37. 中国社会科学院工业经济研究所、日本总合研究所：《现代日本经济事典》，中国社会科学出版社 1982 年版。

38. 中国企业评价协会：《中国大型企业（集团）发展报告》，上海财经大学出版社 2005 年版。

39. 吕薇：《产业重组与竞争》，经济发展出版社 2002 年版。

40. 干春晖：《并购经济学》，清华大学出版社 2004 年版。

41. 中国社会科学院工业经济研究所、日本总合研究所：《现代日本经济事典》，中国社会科学出版社 1982 年版。

42. 常欣：“竞争的繁荣和垄断的没落——美国钢铁和石油产业的案例对比分析”，《改革》，1997 年第 1 期。

43. 陈清泰："深化国有资产管理体制改革的几个问题"，《管理世界》，2003 年第 6 期。

44. 陈小洪、张文魁、李兆熙："进一步改革国有资产管理体制的若干思考"，《特区理论与实践》，2003 年第 2 期。

45. 冯根福、吴林江："我国上市公司并购绩效的实证研究"，《经济研究》，2001 第 1 期。

46. 何德权："大型国企改制的困难与对策"，《世界商业评论》，2005 年第 7 期。

47. 郝向宏："刍议创新国有资产管理体制"，《锦州社会科学》，2004 年第 1 期。

48. 李善民、李珩："中国上市公司资产重组绩效研究"，《管理世界》，2003 年第 11 期。

49. 李荣融："继续调整国有经济布局和结构，推进中国国有企业更多地参与国际竞争与合作"，《管理世界》，2004 年第 2 期。

50. 刘远航："我国国有资产管理体制的模式选择"，《经济学家》，2003 年第 2 期。

51. 宋云中："托管公司：国企改革的新平台"，《中国企业家》，2005 年第 11 期。

52. 石洪斌："完善国有资产管理体制，深化国有企业改革"，《资料通讯》，2003 年第 11 期。

53. 徐宁："论国有资产管理体制改革"，《黄河论坛》，2003 年第 3 期。

54. 袁泽沛、安林波："以分级所有为趋势的国有资产管理创新"，《管理研究》，2003 年第 1 期。

55. 赵杰："国有资产管理体制改革的探索与新突破"，《理论前沿》，2003 年第 6 期。

56. 王宝库："中外国有资产管理模式比较研究"，《经济学动态》，2003 年第 3 期。

57. 魏江："基于核心能力的企业购并模式框架研究"，《管理科学学报》，2002 年第 4 期。

58. 吴海平、宣国良："加入 WTO 后国有大型企业集团的价值链重构"，《中国工业经济》，2003 年第 2 期。

59. 项保华、殷瑾："购并后整合模式选择与对策研究"，《中国软科学》，2001 年第 4 期。

60. 杨瑞龙："国有资产管理模式的新探索"，《现代经济探讨》，2003 年第 4 期。

61. 余菁、罗仲伟："国有存续企业问题政策背景的深度分析"，《经济管理》，2004 年第 15 期。

62. 周绍朋："关于国有资产管理问题的思考"，《经济研究资料》，2003 年第 11 期。

63. 周建波、康伟："巴非特战略投资理念研究及在中国证券市场应用研究"，《学术交流》，2003 年第 4 期。

64. 周其仁："市场里的企业：一个人力资本与非人力资本的特别合约"，《经济研究》，1996 年第 6 期。

65. 张前："海尔文化激活'休克鱼'"，《经济论坛》，1998 年第 10 期。

66. 陈玉洁："谋掌 5000 亿央企利润国资委酝酿扩权"，《经济日报》，2005 年 3 月 31 日。

67. 胡怡林："央企数百亿旅游资产行将剥离"，《经济观察报》，2004 年 8 月 9 日。
68. 季晓南："增强国有经济控制力的四大途径"，《经济日报》，2004 年 1 月 16 日。
69. 刘晓峰："196 家中央企业首次聚会京城"，《经济日报》，2003 年 7 月 11 日。
70. 刘晓峰："中央企业股份制改革'提速'除军工生产等少数企业外其他中央企业都要实现产权多元化"，《经济日报》，2004 年 1 月 16 日。
71. 瞿剑："逾半数中央企业科技投入不足主营收入 0.5%"，《科技日报》，2004 年 12 月 14 日。
72. 单继林、李荣融："央企应加快结构调整"，《中国经济时报》，2004 年 8 月 16 日。
73. 王晓欣："加快中央企业改革和发展"，《金融时报》，2003 年 11 月 9 日。
74. 闻希："央企境外资产超过 6299 亿"，《石油商报》，2005 年 3 月 23 日。
75. 阴雪："央企房地产转身：1800 亿重划版"，《21 世纪经济报道》，2004 年 7 月 19 日。
76. 杨筱："国资委限期央企整合 控股公司重组风生水起"，《中国经营报》，2004 年 7 月 5 日。
77. 于扬："国资委企业改革局副局长白英姿表示双管齐下推进央企重组上市"，《证券时报》，2004 年 3 月 26 日。
78. 于扬："国资委出台指导意见要求中央企业限期整合控股上市公司"，《证券时报》，2004 年 6 月 26 日。
79. 张晓松："国家将给'中央企业'一个机会"，《新华每日电讯》，

2003 年 11 月 12 日。

80. 钟合："国资委——5 家央企拟以房地产做主业"，《中国房地产报》，2004 年 7 月 15 日。

81. 章剑锋："利益主体多元：央企房地产艰难转身"，《中国产经新闻报》，2004 年 8 月 13 日。

82. 臧日宏："公司并购重组的问题"，《经济导刊》，2002 年第 7 期。

83. 张跃进："国家统计局排定 2003 年全国大型工业企业名单宝钢荣登榜首"，《中国冶金报》，2004 年 7 月 31 日。

84. 张静、许圣如："196 家中央企业大整合：演出开始了"，《21 世纪经济报道》，2003 年 7 月 14 日。

85. 张晓文、徐光东、王建梅："对国有大型企业股份制改革的调查与分析"，《中国经济时报》，2005 年 3 月 29 日。

86. 张国春、陈柱兵："对中央企业进一步优化重组的几点思考"，《中国改革报》，2004 年 2 月 16 日。

87. "10 家中央企业入选 2005 财富 500 强中石化排名飙升"，http：//www. sasac. gov. cn，2005 年 7 月 14 日。

88. "钢铁产业发展政策"，http：//www. sdpc. gov. cn，2005 年 7 月 20 日。

后　记

有人说，盘点过去有助于发现问题，回顾既往可予未来以启迪。自大学毕业以来，岗位多次调整，工作不断变化。每一次调整和变化又是从“零”开始。很长一段时间来，一直想对曾经的所思所想进行盘点总结，但都苦于工作忙碌而未能遂愿。

最近因单位搬家，不得不抽出时间，对相关文稿进行归类整理。在翻阅整理自己过去撰写的文稿时，我发现这之中有不少文章，凝结了我对一些产业经济问题的深层次思考和探索。尽管这些文章有的刊发时间已有时日，但从研究方法、实践应用等几个方面看，仍可供参考。比如，我在大学本科期间撰写的有关系统工程的文章，提出用系统工程方法做好长、中、短期计划管理等等。将自己的这些文稿结集付梓，不仅是对我自己20多年来一些研究成果的总结，促使我在今后的学习和工作中更加勤奋地思考，更希望通过交流得到相关业内人士的批评指导。

回忆自己过往所走过的人生历程，每一点知识的获得，都凝结着老师们的辛勤培育；每一点成绩都与领导和同事们的信任、鼓励和指导密不可分；长期的忙碌离不开家人的理解和支持。在这本集子付梓之际，我由衷地向每一位关心、帮助和指导我的领导、师长和同事表达谢意！同时感谢为这本集子出版付出心血的中国财政经济出版社！

是为后记。

陆俊华

2007 年 12 月于北京